Der von der Vogelweide

Meinem Freunde Rainer Zimmermann

Dr. phil. Rainer Zimmermann, Kunsthistoriker und Publizist, geb. 1920 in Schluckenau/Nordböhmen, lebt in Wetter-Oberrosphe bei Marburg. Sein Hauptarbeitsgebiet ist die Malerei des 20. Jahrhunderts.

Walter Exner

Der von der Vogelweide

Bemerkungen zur Walther-Forschung

Siebenberg-Verlag

Vorwort

Viele werden sagen: Schon wieder ein Buch über Walther von der Vogelweide zu den zahlreichen bisher erschienenen und mit Fug und Recht feststellen, daß das Walther betreffende Schrifttum, wenn man alle einschlägigen Veröffentlichungen dazurechnet, schon jetzt schier unübersehbar geworden ist.

Obwohl das erhaltene Werk Walthers seit dem 18. Jahrhundert im gleichen Umfang bekannt ist, ist hingegen das Leben Walthers weitgehend unbekannt geblieben. So fehlen die Angaben, wo und wann er geboren wurde, wann und wo er gestorben ist, und der Streit um die Echtheit des Grabes Walthers in Würzburg konnte bisher nicht endgültig entschieden werden. Wir rätseln noch immer über seine Herkunft und besitzen nur einen einzigen Hinweis auf Walther, der sich auf sein Leben bezieht. Und es bedarf keiner Sehergabe, daß auch weiterhin Bücher erscheinen werden, die sich einerseits mit Walthers Lebensumständen, andererseits mit seinem Werk befassen werden. Beide, sowohl Leben als auch Werk, geben Rätsel auf, die zu lösen man schon seit über zwei Jahrhunderten bemüht ist. Allein im Herbst 1988 fanden zwei Walther von der Vogelweide-Symposien statt, das eine im niederösterreichischen Waldviertel, das andere in Klausen, Südtirol, beide jedoch mit unterschiedlicher Zielsetzung. Bei dem ersteren ging es hauptsächlich um den Nachweis, Walthers Geburtsstätte mit einem früheren Vogelweidhof im Waldviertel in Verbindung zu bringen, während auf dem anderen eher seine Stellung in der europäischen Kultur behandelt wurde.

Es ist nicht die Absicht des Verfassers, zu allem Überfluß das Walther-Schrifttum um ein neues Buch zu vermehren, sondern es geht ihm vielmehr darum, auf bestimmte – wie er annimmt – Irrtümer hinzuweisen, bzw. mit beizutragen, einige Sachverhalte aufzuhellen, die bisher nicht oder nicht genügend erkannt worden sind. Er möchte auch klarstellen, daß er sich nicht im Besitz der reinen einzig gültigen Wahrheit wähnt, auch geht es ihm nicht darum, irgendwie recht zu haben, zumal er weder behauptet, ein umfassender Kenner des Stoffes zu sein, noch darin seine Lebensaufgabe erblickt, sich ausschließlich mit dem »literarischen Versteckspiel der Waltherfahndung« (Peter Rühmkorf) zu befassen. Dies überläßt er gerne den fachlich dazu berufenen und denen, die sich dazu berufen fühlen, auch das Ihre zur Waltherforschung beizutragen. Im übrigen sei allen, die mehr über Walthers Leben erfahren wollen, Rühmkorfs Buch »Walther von der Vogelweide, Klopstock und ich« wärmstens empfohlen, in dem er Walther aus dem »reaktionären Traditionsbett« löste und ihn als »Reichssänger und Hausierer« bezeichnet.

Anläßlich des Besuches der Kuenringer-Ausstellung 1981 im Stift Zwettl erregte der im Katalog veröffentlichte Beitrag des Univ.-Prof. Dr. Bernd Thum von der Universität Karlsruhe die Aufmerksamkeit des Verfassers. Weil jener den bisher unbekannten Geburtsort Walthers in der Gemeinde Traunstein im Waldviertel vermutet, in der es einen früher »Vogelweid« genannten Hof gibt, der heute noch »Waid« heißt. Der Verfasser, der das Waldviertel kennt und liebt, wurde durch diesen Beitrag angeregt, sich mehr mit Walther und dessen Leben und Werk zu beschäftigen, zumal er den gleichen Namen trägt und sich daher schon mit ihm verbunden fühlt. Es ist dabei durchaus möglich, daß er sich in dem einen oder anderen Punkt irrt, wie sich bisher viele Fachwissenschaftler, die sich mit Walther von der Vogelweide beschäftigten, in manchen Punkten auch geirrt haben. Aber vielleicht tragen diese Gedanken dazu bei, bisher unrichtig bewertete Annahmen zu überprüfen und damit der Walther-Forschung dienlich zu sein.

Ich saz, ich sach, ich hôrte

Ich saz ûf eime steine
und dahte bein mit beine
dar ûf satzt ich den ellenbogen.
ich hete in mîne hant gesmogen
daz kinne und ein mîn wange.
dô dâhte ich mir vil ange,
wie man zer welte solte leben.
daheinen rât kond ich gegeben,
wie man driu dinc erwurbe,
der keinez niht verdurbe.
diu zwei sint êre und varnde guot,
daz dicke ein ander schaden tuot:
daz dritte ist gotes hulde,
der zweier übergulde.
diu wolte ich gerne in einen schrîn:
jâ leider desn mac niht gesîn,
daz guot und weltlich êre
und gotes hulde mêre
zesamene in ein herze komen.
stîg unde wege sint in benomen:
untriuwe ist in der sâze,
gewalt vert ûf der strâze:
fride und reht sint sêre wunt.
diu driu enhabent geleites niht,
diu zwei enwerden ê gesunt.

Anmerkung: *Dahte* kann im Neuhochdeutschen sowohl mit »deckte«, »bedeckte« als auch mit »dachte« gelesen werden, wobei man Walther unterstellen kann, daß er absichtlich beide Begriffe mit einem Wort ausdrücken wollte. Ein Bein mit dem anderen zu decken bedeutet schlicht »die Beine kreuzen«.

Ich saß auf einem Steine
und kreuzte meine Beine.
Mit aufgestütztem Ellenbogen
hatt ich in meine Hand geschmogen
das Kinn und eine Wange.
Da dacht besorgt ich lange:
Wie sollte man auf Erden leben?
Keinen Rat konnte ich geben,
wie man drei Ding' erwürbe
und keins dabei verdürbe.
Zwei sind Ehr' und weltlich Gut –
eins oft dem andern schaden tut;
das dritte ist die Gottesgnad'
die Vorrang vor beiden hat.
Die hätt ich gern in einem Schrein.
Ja leider mag es wohl nicht sein,
daß Gut und weltlich Ehre
und Gottes Huld nunmehre
zusammen in ein Herze kommen.
Steg und Wege sind genommen:
Untreu' im Übermaße,
Gewalt herrscht auf der Straße,
Friede und Recht sind schmerzlich wund;
die drei sind schutzlos preisgegeben,
eh nicht die ersten zwei gesund.

Ich sach mit mînen ougen
manne und wîbe tougen,
daz ich gehôrte und gesach
swaz iemen tet, swaz iemen sprach.
ze Rôme hôrte ich liegen
und zwêne künege triegen.
dâ von huop sich der meiste strît
der ê was oder iemer sît,
dô sich begunden zweien
die pfaffen und die leien.
daz was ein nôt vor aller nôt:
lîp unde sêle lac dâ tôt.
die pfaffen striten sêre,
doch wart der leien mêre.
diu swert diu leiten si dernider,
und griffen zuo der stôle wider:
si bienen die si wolten,
und niht den si solten.
dô stôrte man diu goteshûs.
ich hôrte verre in einer klus
vil michel ungebære:
dâ weinte ein klôsenære;
er klagete gote sîniu leit:
»owê der bâbest ist ze junc:
hilf, hêrre, dîner kristenheit!«

Ich sah mit meinen Augen,
was Mann und Weib so taugen.
Ich merkte viel und sann dem nach,
was dieser tat, was jener sprach.
Zu Rom hörte ich Lügen
und zwei Könige betrügen.
Dort hub an der größte Streit,
der jemals war in aller Zeit,
da sah man sich entzweien
die Pfaffen und die Laien.
Die Not ging über alle Not,
da lagen Leib und Seele tot.
Die Pfaffen stritten wohl gar sehr,
doch waren der Laien mehr.
Die Schwerter legten sie dann nieder
und griffen zu der Stola wieder;
sie bannten, den sie wollten,
nicht jenen, den sie sollten.
Zerstört ward manches Gotteshaus.
Ich hörte fern aus einer Klaus'
Weinen und Wehgejammer
in eines Klausners Kammer.
Er klagte vor Gott sein Leid:
»O weh, der Papst ist viel zu jung,
hilf, Herrgott, deiner Christenheit!«

Ich hôrte ein wazzer diezen
und sach die vische fliezen,
ich sach swaz in der welte was,
velt walt loup rôr unde gras.
swaz kriuchet unde fliuget
und bein zer erde biuget,
daz sach ich, unde sage iu daz:
der keinez lebet âne haz.
daz wilt und daz gewürme
die strîtent starke stürme,
samt tuont die vogel under in;
wan daz si habent einen sin:
si dûhten sich ze nihte,
si enschüefen starc gerihte.
si kiesent künege unde reht,
si setzend hêrren unde kneht.
sô wê dir, tiuschiu zunge,
wie stêt dîn ordenunge!
daz nû diu mugge ir künec hât,
und daz dîn êre alsô zergât.
bekêrâ dich, bekêre.
die cirkel sint ze hêre,
die armen künege dringent dich:
Philippe setze den weisen ûf,
und heiz si treten hinder sich.

Anmerkungen: *Cirkel* = Goldener Reif als Hauptschmuck der Könige und Königinnen. *Weisen* = Der nicht seinesgleichen habende Edelstein der deutschen Königskrone, beziehungsweise diese Krone selbst.

Ich hört ein Wasser rinnen
und sah die Fische schwimmen.
Ich sah, was ist in dieser Welt:
Wald, Laub und Rohr und Gras und Feld.
Was kriechet und was flieget
und Bein zur Erde bieget.
Das sah ich und sag euch das:
Da lebt keines ohne Haß.
Das Wild und das Gewürme,
die streiten starke Stürme.
So tun die Vögel auch;
doch ist es bei ihnen Brauch,
damit nichts wird zunichte:
Sie schaffen stark Gerichte.
Sie küren Könige und Recht,
sie setzen Herren ein und Knecht.
Weh dir, Land deutscher Zunge,
um deine Ordenunge!
Die Mücke selbst hat ihren König,
doch dir gilt Ehre heute wenig.
Ermanne dich und wehre.
Stirnreifen sind zu hehre,
Rand-Könige bedrängen dich:
Philipp, setz die Krone auf
und heiß sie treten hinter dich!

Von den zahlreichen uns überlieferten Sprüchen Walthers zählt der im sogenannten Reichston verfaßte *Ich saz ûf eime steine ...* zu den bekanntesten. Er wurde bestimmend für die Darstellung Walthers in den um 1300 entstandenen Liederhandschriften (Heidelberger oder Manessische Handschrift, Weingartner Liederhandschrift). Dort sitzt Walther mit gekreuzten Beinen auf einem Hügel, der an den Urhügel, den Welt- oder Gottesberg erinnert, der auch »Nabel der Welt« genannt wird. In Nordhessen, in Korbach zum Beispiel, gibt es noch sogenannte Verkündsteine, die vom Gemeindevorsteher bestiegen wurden, um Bekanntmachungen zu verkünden.

Diese Haltung weist auf bedeutungsvolle Zusammenhänge hin. Ursula Schulze schreibt im Vorwort zum Buch von Hubert Witt: »So sitzt der Prophet (und Evangelist) der Heiligen Schrift, der von Gott zum Reden autorisiert und inspiriert ist; so sitzt der trauernde Christus, der in stellvertretender Betroffenheit Einsicht in die Weltzusammenhänge besitzt. Durch die Präfiguration wird der Rede überindividuelle Geltung gesichert und dem ratgebenden Spruchsänger besondere Würde verliehen. Alle drei Strophen im Reichston beginnen mit dem Sänger-Ich *(Ich saz .../Ich hôrte .../Ich sach ...)*, sinnend, hörend und schauend begreift er die Weltzusammenhänge. Die Ordnung der Welt wird wiederhergestellt, wenn die drei zentralen Wertbereiche, *guot* (Besitz), *êre* (gesellschaftliche Anerkennung) und *gottes hulde* (Gottes Gnade) in das richtige Verhältnis zueinander gebracht werden. Das aber kann nur geschehen, wenn *fride* und *reht*, die derzeit verletzt sind, geheilt werden. Für Friede und Gerechtigkeit ist der König, rex iustus et pacificus, verantwortlich. Eine intakte mächtige Zentralgewalt garantiert ein Leben im Sinne der göttlichen Weltordnung, im Einklang mit der gesamten Schöpfung, wie es die zweite Strophe darstellt. Das ist Wahlpropaganda bzw. Parteinahme für den Staufer Philipp auf höchster Ebene, indem eine bestimmte politische Entscheidung, die Aufforderung, Philipp zu krönen, als Vollzug göttlichen Ordnungswillens suggeriert wird. Für diese genialen Vorstellungsentwürfe hatte Walther kein Vorbild, sie zeigen seine unverwechselbare Handschrift.«

Bei der Aufzählung der drei Strophen im Reichston, die alle mit dem Sänger-Ich beginnen *(Ich saz ... / Ich hôrte ... / Ich-sach ...),* fährt Ursula Schulze fort: »sinnend, hörend und schauend begreift er die Weltzusammenhänge«. Zunächst ist festzustellen, daß die Reihenfolge der drei Sprüche im Walther-Schrifttum durchaus verschieden ist, obwohl Walther offenkundig einen an den Anfang gestellt hat: nämlich *Ich saz ûf eime steine ...* In den ersten fünf Zeilen dieses Spruches betont er, körperlich wie geistig, seine hohe Warte. Und erst mit der sechsten Zeile beginnt der eigentliche Spruch *dô dâhte ich ...* So gesehen ist es im Sinne Walthers durchaus richtig, wenn Ursula Schulze für *saz* das Wort »sinnend« = nachdenkend wählt.

Walther leitet seine Sprüche im Reichston also mit dem »Denken« ein, und unwillkürlich wird man ohne allzuviel Einbildungskraft an Vorbilder in der Bibel erinnert. Im Alten Testament heißt es gleich zu Anfang (Genesis 1): »Gott sprach«. Man kann aber auch auf das Neue Testament Bezug nehmen. Dort beginnt das Johannes-Evangelium mit: »Im Anfang war das Wort« (ho lógos im griechischen Text). Walther sieht sich hier als »Beobachter, Seher und Prophet«, wie Hans Uwe Rump schreibt.

Die Entstehung der ersten beiden Sprüche im Reichston wird für 1198 angenommen. Dazu schreibt Ursula Schulze: »1198 war für das Deutsche Reich ein Krisenjahr. Nach dem frühen Tod Kaiser Heinrichs VI. (Sohn Friedrich Barbarossas) brach die Rivalität der beiden starken Geschlechter, Staufer und Welfen, um die nicht erbliche Königskrone auf. Der staufische Philipp und der welfische Otto wurden jeweils von stützenden Parteien befürwortet, so daß es zum Doppelkönigtum kam: Philipp von Schwaben wurde am 8. März in Mühlhausen zum König gewählt, Otto von Braunschweig am 9. Juni in Köln. Erst die Krönung mit ihrem traditionsreichen Ritual und den symbolkräftigen Insignien brachte rechtlich die Herrschaftsübernahme. Otto IV. wurde am 12. Juli in Aachen durch den Erzbischof von Köln gekrönt, am üblichen Ort durch den traditionsgemäß befugten Kirchenfürsten. Philipps Krönung erfolgte am 8. September in Mainz durch den Erzbischof von Tarantaise mit den tradierten Reichsinsignien; er trug also die echte Krone, das Symbol rechtmäßiger Königsherrschaft. Der im gleichen Jahr auf den päpstlichen Stuhl gekommene Innozenz III. unterstützte den Welfen Otto wohl in der irrigen Annahme, daß er sich damit von den staufischen, oft antipäpstlichen Aktivitäten in Italien würde befreien können.

In dem ereignisreichen Jahr 1198 sind mehrere Sprüche Walthers genau zu datieren. Sie bringen staufische Interessen zum Ausdruck, befürworten Philipps Krönung als notwendige Herstellung der Weltordnung und feiern ihren Vollzug. In den gleichen Zusammenhang öffentlicher Herrschaftslegitimierung gehört auch der Magdeburger Weihnachtsspruch, der eine Huldigung auf König Philipp und seine Gemahlin Irene enthält, die zum Weihnachtsgottesdienst unter der Krone gingen. Sein Spruch rückt durch Dreifaltigkeits- und Mariensymbolik das Herrscherpaar in gottnahe, heilige Unantastbarkeit und wiederholt den öffentlichen Repräsentationsakt fortwirkend im sängerischen Vortrag«.

Im Gegensatz dazu empfindet Reiner Poppe die Eingangszeilen als friedlich-gemütlichen Vorgang: »Auf einer Wanderung setzt sich Walther von der Vogelweide, um zu rasten, auf einen Stein, schlägt ein Bein über das andere, stützt einen Arm auf einen Oberschenkel und läßt den Kopf auf der Hand ruhen. Mit grübelndem Blick schaut er vor sich nieder. Ihn beschäftigt die Frage: Zu welchem Zwecke sind die Menschen auf der Erde? Er findet keine befriedigende Antwort darauf und überlegt, was für jeden Menschen wohl erstrebenswert sei; er findet dreierlei: Ehre, weltliches Gut und Gottes Huld. Hierin offenbart sich sein persönliches Sehen.« Dem kann man wirklich nur hinzufügen: Ein edler Mensch spinnt hehre Gedanken zum Wohle der Menschheit und zur Ehre Gottes, oder: Walther versucht tiefschürfend und hintergründig die Gunst König Philipps von Staufen zu erringen.

Der dritte dürfte 1201 entstanden sein. Alle drei Sprüche bilden zusammen eine bedeutungsvolle Einheit – entsprechend der göttlichen Dreieinigkeit: Gott Vater, Gott Sohn und der Heilige Geist. Sie bestehen aus leicht vortragbaren Vierheberreimpaaren, und jede Strophe besitzt genau hundert Hebungen.

Mit diesen Sprüchen im Reichston – sie standen am Beginn Walthers dichterischer Laufbahn – hatte sich Walther offensichtlich überhoben. Auf zweierlei Weise: Erstens rein körperlich, indem er einen erhöhten Standpunkt einnimmt und so auf die anderen herabsehen kann, und zweitens gibt er Sprüche von sich, im stolzen Bewußtsein eigener höchster Einsicht und Urteilsfähigkeit, womit er zweifellos zwangsläufig andere in ihrer Eitelkeit oder ihrem Standesbewußtsein verletzen mußte.

Erinnern wir uns an den Hoftag von Westminster im Oktober 1163, an den erbittert geführten Grundsatzstreit zwischen dem englischen König Heinrich II. und Thomas Becket, Erzbischof von Canterbury. Damals zog der Bischof dem König mit dem Kreuz in der Hand, also in der Rolle Christi, entgegen, um seinen Forderungen mehr Nachdruck zu verleihen. Diese Selbststilisierung ergrimmte den König so sehr, daß im Zorn geäußerte Worte Heinrichs II. vier übereilige Ritter veranlaßten, Becket in der Kathedrale von Canterbury zu ermorden.

Walther von der Vogelweide, am Hofe der Babenberger in Österreich groß geworden, hatte in Herzog Friedrich I. einen ihm gewogenen Förderer, der am 16. März 1198 im Heiligen Land starb. Ihm folgte sein jüngerer Bruder, seit 1194 Herzog der Steiermark, Leopold VI., der nunmehr beide Herzogtümer – Österreich und Steiermark – beherrschte. Leopold war ein tatkräftiger Herrscher, der für einen gewaltigen Aufstieg seiner Länder sorgte und an Kreuzzügen gegen die Albigenser in Süd-Frankreich und die spanischen Mauren teilnahm, Damiette in Ägypten eroberte und in Süd-Italien starb, wo er Frieden zwischen Papst und Kaiser gestiftet hatte.

Herzog Leopold VI. hat zeitlebens Walther nicht gemocht und ihm, von Besuchen abgesehen, die sehnsüchtig erbetene Rückkehr an den Wiener Hof verweigert. Wir kennen die Gründe nicht. Mag sein, daß Walther mit der Begleitung des Herzogs im Spätsommer 1198 nach Mainz reiste, weil Leopold VI. vom Kaiser seine Belehnung mit Österreich bestätigen lassen mußte und dort das Mißfallen Leopolds erregte, so daß ihn dieser an Ort und Stelle in Ungnaden entließ. Denn von diesem Zeitpunkt an beginnen Walthers (unfreiwillige) Wanderjahre. Mit den damals gleichzeitig entstandenen Sprüchen im Reichston hatte Walther gesellschaftlich seine Grenze überschritten.

Dazu schreibt Helmut de Boor in »Die großen Deutschen«: »Walther hat diesen Schlag, der für uns Rückblickende der entscheidende Augenblick in seinem Leben ist, nie verwunden. Er löst sich aus der Enge der Wiener Hofverhältnisse, tritt in die Weite der großen Welt und kann damit seine besten Kräfte entfalten. In Wien wäre er ein bedeutender Minnelyriker unter vielen geblieben; in der Not und Unsicherheit des jetzt beginnenden Wanderlebens wurde er der einzige und einmalige Walther von der Vogelweide«.

Walthers Drang nach Höherem beurteilt Peter Rühmkorf so: »Bemerkenswert dabei, daß Walther die eigene soziale Identität nur immer im Anschluß an die höheren und höchsten Kreise sucht und die Gemeinschaft mit seinen tatsächlichen Standes- und Innungsgenossen wie einen Makel verabscheut. Von seiner Produktionsweise und seinen Vertriebsmethoden her ist er ja wirklich nichts Besseres als ein lyrischer Wanderarbeiter. Als herumziehender Schausteller und Selbstanbieter teilt er die finanzielle und existenzielle Unsicherheit des letzten Wanderfiedlers, Zauberkünstlers oder Kontorsionisten« (Schlangenmensch). Fest steht, daß Walther gesellschaftlich auf niedriger, sogar wohl niedrigster Stufe stand, zu der auch Gaukler und fahrende Sänger gehörten, die ehrlos waren, daher keine Buße beanspruchen konnten. Dies war vielleicht der Grund, weshalb der Ritter Atze am Hofe des Thüringer Landgrafen ungestraft Walthers Pferd töten konnte.

Walther beansprucht in den ersten beiden Zeilen seines Spruches

Ich saz ûf eime steine
und dahte bein mit beine

einen, wie Ursula Schulze schreibt, »von Gott zum Reden autorisierten« Rang, indem er, mit gekreuzten Beinen auf einem Steine sitzend, seinen Spruch verkündet. Steine genossen schon in der frühen Menschheitsgeschichte besondere Verehrung und spielten eine große Rolle im Toten- und Ahnenkult. Im Alten Testament werden sie als Denkmale an Jahwe erwähnt. Noch heute sprechen wir vom »Stein der Weisen«, damit eine alte Vorstellung bewahrend.

Steinerne Thronsessel und Richterstühle kennen wir von vielen Orten. So war der Thron Karls des Großen in Aachen aus Stein, wie auch der wohl berühmteste Steinthron, der Stein von Scone, der seit 843 Ort der Krönung der schottischen Könige war und 1296, nach der Unterwerfung Schottlands, als Hoheitsnachweis für die englischen Könige nach Westminster gebracht und dort in den Thron König Edwards I. eingebaut wurde. Das Recht, bei Amtshandlungen zu sitzen, hatten im Mittelalter ausschließlich Richter, Feldherrn und Herrscher. In seinem Buch »La raison des gestes dans l'Occident médiéval« weist Jean Claude Schmitt darauf hin, daß im europäischen Mittelalter die für jeden Stand vorgeschriebenen, eigentümlichen Gebärden einer tiefgehend ritualisierten Gesellschaft die Stellung des einzelnen in der Weltordnung kenntlich machten. (Es ist verwunderlich, daß weder Zivilisationshistoriker noch Ikonologen diesen Schlüssel zum symbolischen Kosmos des Mittelalters bisher aufgegriffen haben, wie Ulrich Raulff am 18.10.1990 in der F.A.Z. schreibt.) Mit seiner anmaßenden Haltung »besetzte« Walther herausfordernd eine gesellschaftliche Schlüsselstellung.

Das Kreuz ist seit der Jungsteinzeit bekannt als religiöses Sinnbild, Jahrtausende also bevor es vom Christentum übernommen wurde. Noch heute schlägt der Katholik das Kreuz mit der Hand. Ein Steinrelief Kaiser Friedrich Barbarossas über dem Torbogen der Porta Romana in Mailand (1171) zeigt auch diesen mit gekreuzten Beinen oder König Heinrich I. auf dem Aachener Karlsschrein sowie viele andere Herrscher des Mittelalters. Daher war auch das Sitzen mit überkreuzten Beinen, auf das Walther betonend hinweist, eine anmaßende Herausforderung. Denn, wie Rupert Feuchtmüller schreibt, waren »der Thronsessel, die übereinandergeschlagenen Beine, eine königliche, richterliche Geste im Mittelalter«. Außerdem begrenzte Walther die Zahl der Endreimpaare bei allen drei Sprüchen auf zwölf und bemüht so – wirklich nur zufällig? – die Zahlensymbolik. Drei Sprüche: Dreieinigkeit; zwölf Reimpaare: zwölf Apostel.

Zu den »Drei Sprüchen im Reichston« schreibt Franz Koch: »Walthers politische und didaktische Dichtung ist Spruchdichtung. Der Spruch ist einfacher, kunstloser als das Lied, er ist einstrophig und lehrhaften oder weltanschaulichen Inhalts. Walthers Jugend geht mit der Kaiser Heinrichs VI. zusammen, dessen strahlendem Aufstieg sein plötzlicher Tod 1197 ein jähes Ende setzt. Sein Sohn Friedrich ist da erst drei Jahre alt, und so wird Philipp, Heinrichs Bruder, im März 1198 zum König gewählt, jedoch erst im Spätsommer in Mainz gekrönt, nachdem ihm der Erzbischof von Köln in dem Welfen Otto von Poitou schon einen Gegenkönig geschaffen hat. Walther steht in diesem Geschehen, das die Reichsidee dem Eigennutz der Fürsten ausliefert, auf der Seite der Hohenstaufen. Vor einem rauschenden Wasser bedenkt er den Lauf der Welt, auf der es kein Leben gibt ohne Kampf. Trotzdem gehorcht alles Getier einer festen Ordnung. Jede Mücke hat ihren König, nur Deutschland nicht. Mit dem Rufe an Philipp, die *armen künege,* d. h. die außerdeutschen Könige, die nach Walthers Ansicht geringer sind als der römisch-deutsche Kaiser, hinter sich zu treten heißen, greift Walther ins Rad der Geschichte.«

Mit den *armen künege* meint Walther die von der Kanzlei der Staufer verächtlich »reguli« genannten Vasallenkönige zum Beispiel von Dänemark, England und Frankreich oder Böhmen, die sich in die Wahl einmischten. Seine Befürchtung bewahrheitete sich wenige Jahrzehnte später: In der »kaiserlosen, der schrecklichen Zeit« waren auch Richard von Cornwall und Alfons von Kastilien zu deutschen Königen gewählt worden. Walther war weder Propaganda-Minister noch graue Eminenz und konnte daher auch nicht ins Rad der Geschichte eingreifen, wie Franz Koch meint. Als »die genialste Schandschnauze des Reiches« bezeichnet ihn Peter Rühmkorf auf seine lockere Art. Er war ein Spielmann und konnte daher nur aufspielen, wobei selten genug nach seiner Pfeife getanzt wurde.

Was den bekanntesten der drei Sprüche im Reichston betrifft, hat schon Karl Simrock (1802-1876) eine flüssige Übertragung geboten. Allerdings übersetzte er das mittelhochdeutsche *dahte* mit »deckte«, ohne dessen Doppelsinn zu erkennen. Und nach ihm alle weiteren auch. An Übertragungen mangelt es bis heute nicht. Nun sollte aber jeder, der ein Gedicht zu übertragen versucht, meines Erachtens drei Dinge berücksichtigen: Nämlich möglichst im Sinne des Dichters verfahren, weder eigene Gedanken noch eigene Ausdrücke verwenden und möglichst den Gleichklang mit dem Vorbild bewahren. Sonst geht die Ursprünglichkeit verloren, und die Übertragung verkommt zu einer bloßen Nacherzählung.

In der von Peter Wapnewski veröffentlichten Übertragung des Spruches verwendet dieser nur ein einziges Mal ein Reimpaar Walthers (leben-geben) und zweimal noch leicht abgewandelte *(steine-beine*/Stein-Bein und *wunt-gesunt*/verwundet-gesundet). Alle anderen Endungen ersetzt er durch eigene Ausdrücke. Das heißt, das Gedicht hört sich anders an als das von Walther. Wapnewski ersetzt außerdem nicht mehr oder im abgewandelten Sinne verwendete mittelhochdeutsche Wörter und verfremdet so weiterhin die ursprüngliche Fassung. Gewiß werden Ausdrücke wie *gesmogen, ange, übergulde* heute nicht mehr verwendet oder ist bei anderen wie *geleites, untriuwe* ein Bedeutungswandel eingetreten. Doch erhebt sich grundsätzlich die Frage, ob man wirklich jedes Wort in die Sprache von heute bringen soll, um verstanden zu werden? Ich bin der Meinung, daß man unbeschadet veraltete oder unübliche Wörter bewußt übernehmen soll, um die ursprünglich vom Dichter beabsichtigte Wirkung zu bewahren. Denn dadurch bleibt nicht nur die Treue zum Vorbild erhalten, auch verleihen ungebräuchlich gewordene Wörter dem Gedicht ganz besonderen Reiz. Und letztlich läßt sich die Bedeutung solcher mehr oder weniger ungewohnten Ausdrücke unschwer aus dem Zusammenhang erkennen.

Zu den gleichen Sprüchen äußert sich Peter Rühmkorf wie folgt: »Der Dichter, der eben noch sein Genüge in der Verfertigung höfischer Unterhaltungsartikel fand und sich allenfalls einen Extraspaß aus der Kollegenbeschimpfung (Reinmar, Anm. d. Verf.) machte, prompt mit dem Verlust seiner sozialen Identität (Abschiebung vom Wiener Hof, Anm. d. Verf.) setzt das zerspaltene Selbstverständnis ein gleichsam höheres frei, und aus den Trümmern einer Kleinkünstlerexistenz erhebt sich eine ganz neue, allerdings platonische Ansprüchlichkeit: das selbstgewählte Mandat, für das Reich zu singen. In dialektischer Verklammerung bedeutet die Geburtsstunde patriotischer Hochgefühle also gleichzeitig den Schlupftermin eines neuen Ich-Bewußtseins. Erst jetzt bekommt das Wort Ich für den Dichter einen bislang unerhörten Intonationswert. Erst von jetzt an wagt das Ich persönlich sich mit in die Waagschale der politischen Bedenkungen zu werfen: *Ich hôrte ein wazzer diezen – Ich sach mit mînen ougen – Ich saz ûf eime steine!*«

Ir sult sprechen willekomen

Ir sult sprechen willekomen:
der iu mære bringet, daz bin ich.
allez daz ir habt vernomen,
daz ist gar ein wint: nû frâget mich.
ich wil aber miete:
wirt mîn lôn iht guot.
ich sage iu vil lîhte daz iu sanfte tuot.
seht waz man mir êren biete.

Ich wil tiuschen frowen sagen
solhiu mære, daz si dêste baz
al der werlte suln behagen:
âne grôze miete tuon ich daz.
waz wolt ich ze lône?
si sint mir ze hêr:
sô bin ich gefüge, und bite si nihtes mêr,
wan daz si mich grüezen schône.

Ich hân lande vil gesehen
unde nam der besten gerne war:
übel müeze mir geschehen,
künde ich ie mîn herze bringen dar,
daz im wol gevallen
wolde fremeder site.
nû waz hulfe mich, ob ich unrehte strîte?
tiuschiu zuht gât vor in allen.

Anmerkung: *lôn* bedeutet nicht nur Lohn, Belohnung oder Vergeltung, sondern – in »Minnesangs Frühling« hauptsächlich – erotisch-sexuelle Befriedigung.

Ihr sollt sprechen: Willekommen!
Denn der euch Neues bringt, bin ich.
Alles, was ihr habt vernommen,
ist nichts wie Wind: Nun fraget mich.
Ich will aber Botenmiete.
Wird mein Lohn echt gut,
sag ich euch vielleicht, was euch freuen tut.
Seht, welch Ehren man mir biete.

Ich will deutschen Frauen sagen
solch Kunde, daß sie um so mehr
aller Welt sollen behagen:
ich tue es selbstlos – bitte sehr.
Welchen Lohn sollte ich nennen?
Sie sind mir zu hehr.
So bin ich gefügig und bitte sie um nicht mehr,
als daß sie mich – schön grüßen können.

Ich hab Lande viel gesehen
und nahm das Beste gerne wahr.
Übel müßte mir geschehen,
brächt meinem Herz ich Fremdes dar,
daß ihm wohl gefallen
wollte fremde Sitte.
Nun, was hülf es mir, wenn ich für Unrecht stritte?
Deutsche Zucht geht vor in allem.

Von der elbe unz an den rin
und her wider unz an ungerlant
sô mugen wol die besten sîn,
die ich in der werlte hân erkant.
kan ich rehte schouwen
guot gelâz unt lip,
sem mir got, sô swüere ich wol daz hie diu wip
bezzer sint danne ander frouwen.

Tiusche man sint wol gezogen,
rehte als engel sint diu wîp getân.
swer si schildet, derst betrogen:
ich enkan sîn anders niht verstân.
tugent und reine minne,
swer die suochen wil,
der sol komen in unser lant: da ist wünne vil:
lange müeze ich leben dar inne!

Der ich viel gedienet hân
und iemer mêre gerne dienen wil,
diust von mir vil unerlân.
iedoch sô tuot si leides mir sô vil.
si kan mir versêren
herze und den muot.
nû vergeb ez ir got, dazs an mir missetuot.
her nâch mac si sichs bekêren.

Von der Elbe bis an den Rhein
und herwieder bis zum Ungarland,
da mögen wohl die Besten sein,
die in der Welt ich hab erkannt.
Kann mit Recht ich schauen
auf Sitte und den Leib,
Hilf Gott, so schwört ich wohl, daß hier die Weiberleut
besser sind als anderswo die Frauen.

Deutsche Männer sind wohl erzogen,
engelgleich die Weiberleut zu sehn.
Wer sie schilt, der ist betrogen:
Ich kann es anders nicht verstehn.
Tugend und reine Minne,
wer die suchen will,
der komm doch in unser Land, da gibt es Wonnen viel.
Lange möchte ich leben darinne!

Der ich lang gedienet hab
und weiter immer gerne dienen will,
von ihr laß ich nimmer ab,
mag sie mich leidvoll kränken noch so viel.
Sie kann mir versehren
das Herz und den Mut.
Nun vergeb ihr Gott, was sie an mir Unrecht tut.
Hernach mag sie in sich kehren.

Anmerkung: Dienen bezieht sich hier auf den Minnedienst.

Unter allen Liedern und Sprüchen Walthers ist das sogenannte »Preislied« dasjenige, das für die Nachwelt die größte Bedeutung gewonnen hat. Denn Hoffmann von Fallersleben hat es 1841 zusammen mit der 1797 dem römisch-deutschen Kaiser Franz II. gewidmeten Hymne, auf die noch zurückgekommen wird, zum Vorbild seines »Lied der Deutschen« genommen, das später zur heute noch oder wieder geltenden Nationalhymne geworden ist. Allerdings war Hoffmann von Fallersleben, wie viele Romantiker und Deutschtümler des 19. Jahrhunderts, der irrigen Meinung, daß es Walther hauptsächlich darum ging, alles deutsche – Männer, Frauen und Art *(zuht)* – lobend zu preisen. So können wir deutlich einen Zusammenhang spüren zwischen den Zeilen Walthers »Deutsche Zucht geht vor in allem« und Hoffmanns »Deutschland, Deutschland über alles«. Nach Meinung von Gerhard Hahn und anderen verfaßte Walther das Lied, um am Wiener Hof wieder in Gnaden aufgenommen zu werden, den er 1198 in Ungnaden überstürzt hatte verlassen müssen. Dies geschah vermutlich im November 1203, als er in dem Gefolge des Bischofs Wolfger von Passau in Wien weilte. Der Anlaß war die prunkvoll gefeierte Hochzeit Herzog Leopolds VI. von Österreich mit der byzantinischen Prinzessin Theodora aus dem Kaiserhaus der Angeloi. In Walthers Worten *der sol komen in unser lant* wollen manche Sachkenner einen Bezug auf das babenbergische Österreich erkennen, das auch sein Geburtsland war.

Max Wehrli begreift das Lied als Höhepunkt in der »Reinmar-Fehde« und als Lob des höfischen Daseins in Deutschland. Andererseits scheint es ihm Abwehr und Nachahmung von Peire Vidal, eines hochbegabten zeitgenössischen Troubadours, der das Land »von der Rhone bis nach Vence, vom Meer bis zur Durance« gepriesen und an anderer Stelle die unhöfischen Deutschen geschmäht hatte. Von ihm ist der Ausspruch überliefert: »Deutsche, ich sage euch, daß ihr sehr unhöfisch, schurkisch und schlecht seid; denn noch nie erfreute sich an euch jemand, der euch liebte oder der euch diente« (nach Kircher). Walther hat also mehr oder weniger ein ausländisches Erfolgsmuster auf deutsche Verhältnisse übertragen und hoffte, indem er den Deutschen (im Gegensatz zu seinem Vorbild) schmeichelte, seine Zuhörer zu seinen Gunsten zu beeindrucken. Dieses ist ihm aber anscheinend nicht gelungen, denn er fand auch diesmal nicht die gewünschte Aufnahme am Wiener Hof.

Betrachten wir einmal das Lied als solches: Walther benützte nicht weniger als 16mal das Wort *ich* und 13mal *mich, mîn* oder *mir*, das Wort *tiusch* (deutsch) nur dreimal. Nur wenige der mittelhochdeutschen Dichter haben das Wort *ich* in ihrem Werk so oft benützt wie Walther. »Mustert man die Anfangszeilen von 175 überlieferten Walther-Gedichten einmal durch«, so führt Peter Rühmkorf aus, »dann stellt man beunruhigt fest, daß ein sattes Drittel, nämlich genau 68 Stücke mit den Wörtern ich, meiner, mir, mich beginnt. Rein nur beginnt! Die genauere statistische Erhebung läßt freilich keinen Zweifel mehr daran, daß ein in seinen Selbstwertgefühlen tief verunsichertes Ich ein Leben lang um seine Selbstbehauptung gekämpft hat, und daß der sogenannte Spielmann des Reiches eigentlich ein Spielmann seiner selbst war: der Vater und Erfinder des deutschen Ich-Gedichts«.

Wie allerdings Joachim Knape nachweist, wird das Sänger- oder Strophen-Ich nicht nur von Walther auffällig oft benutzt, denn »den wichtigen der 23 namentlich bekannten Dichtern aus ›Minnesangs Frühling‹ steht Walther im Gebrauch des Strophen-Ichs aber nach: Heinrich von Morungen kommt auf 96,6% und Reimar gar auf 98,6% aller Strophen ... Zur Aufführungssituation seiner Lieder etwa können wir nur allgemein sagen, daß der Dichter beim ersten Vortrag wahrscheinlich auch selbst der Sänger war.« Wir müssen jedoch Walthers gesellschaftlichen Rang bedenken: Durfte er sich überhaupt in die Reihe der überwiegend adeligen Sänger einordnen, ohne dadurch eine standesbewußt streng ausgerichtete Ordnung zu mißachten?

Wie die Zeit, in der Walther lebte, eine zerrissene, von Neid, Mißgunst und Unsicherheit beherrschte war, verlief auch das Leben Walthers durchaus nicht gradlinig – es kannte mehr Tiefen als Höhen. Er war gezwungen, die Kunst seiner Spruchdichtung in den Dienst der Herrschenden zu stellen und stets auf den eigenen Vorteil bedacht zu sein. Das alte Wort »Wess' Brot ich eß, dess' Lied ich sing« trifft voll auf Walther zu. So wie Mozart kein Vorbild züchtigen Wohlverhaltens sein kann, kann es Walther nicht für Treue und Beständigkeit sein. Beide aber sind in ihrer Größe bewundernswert. Günter Merwald erkennt in Walthers Lied den beginnenden Ablösungsprozeß vom bedingungslosen Minnedienst. Er bemerkt, daß Walther nicht ohne Ironie ist, wenn er davon spricht, daß ihm die *frowen*, die adeligen Herrinnen also, *ze hêr* sind. (In diesem Wort sind die Bedeutungen hehr, vornehm, erhaben, aber auch hochmütig und dünkelhaft enthalten.)

Walthers Lied hat zu mehreren Mißdeutungen geführt. Zunächst handelt es sich nicht um eine Art Deutschland-Hymne, für die es viele Romantiker und Deutschtümler des 19. Jahrhunderts gehalten, bzw. zu einer solchen hochgelobt hatten. Noch heute spricht man von Walthers »Preislied« (auch dieser Name ist ihm erst spät gegeben worden) als vom ersten Deutschlandlied. Dazu äußert sich Peter Rühmkorf: »Ein Preislied ist das eben zu Gehör gebrachte Gesangstück wohl vor allem im Sinne ziemlich unverfrorener Selbstanpreisungen; falls man bei dem gleich forsch nach vorn gespielten Finanzmotiv nicht an ganz andere Lohn- und Preisfragen denken will. Ungleich materialistischer als unsere teutonistischen Interpretatoren scheint jedenfalls der Wiener Hof den Waltherschen Preisgesang aufgefaßt zu haben, das heißt, als eine in zeitüblichen Courtoisien und Selbstbelobigungen eingewickelte Gunstbettelei ... Die sehnlich erwünschte Zuneigung war auch mit der gesamtdeutschen Grußbotschaft nicht zu erwirken. Im Gegenteil, gerade das unerhört Neue, Frische und Gewagte an Walthers bewegtem Einstandsopus wurde als ungebührlich und sittenwidrig abgewiesen«. Es liegt aber gewiß nicht an Walther, wenn ihm Absichten unterstellt werden, die er niemals hegte. Dies liegt entschieden an der Deutung und Wortwahl seiner zahlreichen Nachdichter und Bewunderer.

Im vorliegenden Gedicht benutzt Walther je zweimal das Wort *frowen/frouwen* und *wîp*. Beide haben verschiedene Bedeutungen. Unter *frouwe* ist die Herrin, Gebieterin gemeint, die Frau von Stande, gegenüber dem *wîp*, dem Weib im Gegensatz zum Manne, die Weiblichkeit, also das ganze weibliche Geschlecht. Sicherlich hat Walther beide Wörter benutzt, um Unterschiede hervorzuheben.

Es ist merkwürdig, daß viele Nachdichter – sieben bekannte seien hier herausgegriffen – Schwierigkeiten mit der Übertragung bzw. Übernahme des Wortes *wîp* hatten. Von diesen sieben sehen zwei wohl keinen Unterschied zwischen den beiden Wörtern und verwenden jeweils nur einmal das Wort »Frauen«. Vier weitere verwenden statt *wîp* das Wort »Frauen« und einer spricht von »unseren Schönen«. Das liegt daran, daß das Wort *wîp,* unser heutiges Wort »Weib«, einem Bedeutungswandel unterworfen war und jetzt etwas anderes bedeutet als im Mittelhochdeutschen. In der bayrisch-österreichischen Mundart spricht man heute noch von den »Weibern« oder »Weiberleut«, wenn ganz allgemein vom weiblichen Geschlecht die Rede ist, ohne die damit im Hochdeutschen enthaltene Abwertung oder Geringschätzung.

Dazu schreibt Hans-Uwe Rump: »Zwar gebraucht Walther anfangs noch das Wort *frowe,* wendet sich dort aber nicht mehr nur an eine, seine Dame (anders wohl am Schluß des Liedes!), sondern an alle Frauen der Hofgesellschaft, etwas, was den Spielregeln des Minnesanges völlig zuwiderläuft. Er bittet noch um die Gunst der adeligen Frauen, aber sie ist ihm nicht mehr besonders viel wert, denn er begnügt sich schon mit einem höfischen Dankesgruß. Schließlich spricht er in der vierten und fünften Strophe nicht mehr von den *tiuschen frowen,* sondern von den *tiuschen wîp.* Der Dichter ersetzt also den an den adeligen Stand gebundenen Ausdruck für Frau durch den wertfreien, den das Mittelhochdeutsche für alle Frauen, gleich welchen Standes, kennt. Diese Dreistigkeit muß auf der Festversammlung (gemeint ist der Wiener Hof, Anm. d. Verf.) wie eine Bombe eingeschlagen haben: Der Skandal war da! *Hie frowe – hie wîp*, das war fortan der Schlachtruf der beiden streitenden Parteien, und was anfangs vielleicht wie Philologengezänk ausgesehen haben mag, entpuppte sich als ernsthafte Konfrontation zweier von Grund auf verschiedener Weltanschauungen. *Wîp* wurde zum Schlüsselwort für Walthers neue Auffassung von Minne und Minnesang«:

... Wîp muoz iemer sîn der wîbe hôhste name,
und tiuret baz dan frowe, als ichz erkenne.

Weib muß immer sein der Weiber höchster Name,
und ehrender als Frau, wie ich es erkenne.

An drei Stellen des vorliegendes Liedes, an denen Walther das Wort *frouwen* verwendet, wird dieses im Neuhochdeutschen durch »Damen«, bzw. »Herrinnen« ersetzt. Zum besseren Verständnis werden nachstehend die beiden betreffenden Zeilen

sem mir got, sô swüre ich wol daz hie diu wîp
bezzer sint danne ander frouwen

in verschiedenen Übertragungen geboten:

Karl Simrock 1833
Hilf mir Gott, so schwör ich, sie sind besser hier
Als der andern Länder Frauen

Max Wehrli 1955
Ja, bei Gott, so schwür ich wohl,
daß die Frauen hier
besser sind als sonst die Damen

Peter Wapnewski 1962
Bei Gott, ich möchte wohl schwören,
daß hier die Frauen
besser sind als anderwärts

Friedrich Maurer 1972
Helfe mir Gott, so schwüre ich wohl,
daß hier die Frauen
Besser sind als sonst die Herrinnen

Peter Rühmkorf 1975
Nein, bei Gott, die deutschen Frauen sind
aus der Ferne angesehn
so schön wie aus der Nähe

Siegfried Obermeier 1982
Bei Gott, ich schwör's, daß unsere Schönen
edler sind als alle anderen Frauen

Hubert Witt 1984
Helf mir gott, so schwör ich, daß hier die fraun
besser sind als dort die damen

Gerhard Hahn 1989 (2. Aufl.)
Bei Gott, ich möchte schwören,
daß die Frauen hier
besser sind als die Damen andernorts.

An einer anderen Stelle heißt es im Lied:

sô bin ich gefüege, und bitte si nihtes mêr,
wan daz si mich grüezen schône

Diese beiden Zeilen beinhalten möglicherweise auch ganz etwas anderes, als es die Nachdichter herauslesen können. Gewiß kann man ihnen den Wunsch Walthers entnehmen, daß er von den gesellschaftlich hochstehenden Frauen freundlich gegrüßt, bzw. geachtet zu werden wünschte, denn auch diese Bedeutung ist in dem Wort *grüezen* enthalten. Gewiß ist dies auch der verständliche Wunsch eines Unbehausten, eines fahrenden Sängers, der der untersten Schicht der Gesellschaft angehörte, aber gleichzeitig auch eine unerhörte Anmaßung, die durchaus Strafe verdiente. Wahrscheinlich hat sich auch Herr Gerhart Atze, ein urkundlich bezeugter Ministeriale und daher nicht irgend eine unbedeutende Randerscheinung am Hofe des Landgraf Hermann von Thüringen – angeblich hatte Walthers Pferd Atze einen Finger abgebissen – über Walthers anmaßendes Auftreten geärgert, als er dessen wohl (zu Unrecht) zu ritterlich aufgezäumtes Pferd in Eisennach tötete. Auf der nahegelegenen Wartburg hatte der freigebige Landgraf, einer der bedeutendsten Förderer deutscher Dichtkunst seiner Zeit, viele der angesehendsten Dichter an sich gezogen. Unter ihnen auch Walther, der zu ihm über längere Zeit in Verbindung, zumindest aber zeitweise in einem Dienstverhältnis gestanden hat.

In dem Mittelhochdeutschen, in der zweiten Hälfte des 13. Jahrhunderts entstandenen Gedicht »Der Wartburgkrieg« oder »Sängerkrieg auf der Wartburg«, in dem Walther eine bedeutende Rolle einnimmt, lebt die Erinnerung an den kunstfreudigen Hof des Landgrafen Hermann fort. Vergeblich erhob der (rechtlose) Walther Schadenersatzklage und konnte sich nur mittels bissiger Spottverse rächen:

... Rittest du lieber eine gold'ne Katze
als einen wunderlichen Gerhardt Atze?
Hilf mir Gott, und fräße es Heu,
    es wär ein seltsam Pferd.
Ihm geh'n die Augen um, wie einem Affen ...

In dem »Sängerkrieg auf der Wartburg« ging es auch um ein Streitgespräch, das den sagenhaften Heinrich von Ofterdingen zum Verteidiger Herzog Leopolds VI. von Österreich machte, während der »Tugendhafte Schreiber«, unterstützt von Walther, Hermann von Thüringen als den besten Fürsten preist. Wenn dem so gewesen sein sollte, hätte sich Walther auf die Seite seines damaligen Brötchengebers geschlagen, was in Wien bestimmt nicht wohlwollend ausgelegt worden wäre und einer späteren gnädigen Wiederaufnahme am Hofe der Babenberger im Wege gestanden hätte.

Zur letzten Strophe, die nur in der Handschrift C überliefert ist, schreibt Gerhard Hahn: »Hat Walther sie nur bei Gelegenheit des Wiener Auftritts den anderen Strophen angefügt, die zwar auch dorthin zielen, aber doch breiter verwendbar waren? Als eine genauer adressierende ›Geleitstrophe‹? Sie ist, mit den obligaten Motiven auf eine einzelne Dame gerichtet, eine reguläre Minneliedstrophe, während die vorausgehenden Strophen gewollt zwischen Sangspruch und Minnesang changieren. Hatte Walther in ihnen seinen Wunsch und seine Bereitschaft kundgetan, wieder Minnesänger am Ort werden zu wollen, demonstriert die letzte seine nicht verlernte Fähigkeit dazu. Er knüpft betont an die frühere Tätigkeit an.«

Es ist aber auch durchaus möglich, daß diese Strophe weniger an eine bestimmte Frau, sondern an die personifizierte »Frau Minne« gerichtet ist, der er als Berufssänger mit wechselnden Erfolgen und Enttäuschungen gedient hat und gezwungenermaßen weiter dienen muß, um als heimatloser Sänger sein Leben fristen zu können.

Owê war sint
verswunden alliu
miniu jâr!

owê war sint verswunden alliu mîniu jâr!
ist mir mîn leben getroumet, oder ist ez wâr?
daz ich ie wânde ez wære, was daz allez iht?
dar nâch hân ich geslâfen und enweiz es niht.
nû bin ich erwachet, und ist mir unbekant
daz mir hie vor was kündic als mîn ander hant.
liut unde lant, dar inn ich von kinde bin erzogen,
die sint mit worden frömde reht als ez sî gelogen.
die mîne gespilen wâren, die sint træge unt alt.
bereitet ist daz velt, verhouwen ist der walt:
wan daz daz wazzer fliuzet als ez wîlent flôz,
für wâr mîn ungelücke wânde ich wurde grôz.
mich grüezet maneger trâge, der mich bekande ê wol.
diu welt ist allenthalben ungenâden vol.
als ich gedenke an manegen wünneclîchen tac,
die mir sind enpfallen als in daz mer ein slac,
iemer mêre owê.

O weh, wo sind entschwunden   alle meine Jahr!
Hab ich geträumt mein Leben,   oder ist es wahr?
Das was ich wähnt es wäre,   war's nur ein Traumgesicht?
Darnach hab ich geschlafen   und weiß es selber nicht.
Nun bin ich erwachet,   und mir ist unbekannt,
was früher mir vertraut war   wie meine eigne Hand.
Leut' und Land, darinnen   ich als Kind erzogen,
sind mir fremd geworden,   als wäre es gelogen.
Die mir Gespielen waren,   sind träge nun und alt.
Bestellt ist alles Feld,   gerodet ist der Wald:
Wenn nicht das Wasser flösse,   wie es einstmals floß,
fürwahr das Unglück wäre   für mich wahrhaft groß.
Mich grüßt mancher zögernd,   der mich gekannt einst wohl.
Die Welt ist allenthalben   von Widrigkeiten voll.
Wenn ich denk an manchen   wonnevollen Tag,
der mir ist entfallen   wie in das Meer ein Schlag –
immer mehr o weh.

Owê wie jæmmerlîche junge liute tuont,
den ê vil hovelîchen ir gemüete stuont!
die kunnen niuwan sorgen: owê wie tuont si sô?
swar ich zer werlte kêre, dâ ist nieman frô:
tanzen, lachen, singen zergât mit sorgen gar:
nie kristenman gesæhe sô jæmmerlîche schar.
nû merket wie den frouwen ir gebende stât;
die stolzen ritter tragent dörpellîche wât.
uns sint unsenfte brieve her von Rôme komen,
uns ist erloubet trûren und fröide gar benomen
daz müet mich inneclîchen (wir lebten ê vil wol),
daz ich nû für mîn lachen weinen kiesen sol.
die vogel in der wilde betrüebet unser klage:
waz wunders ist ob ich dâ von an fröiden gar verzage?
wê waz spriche ich tumber durch mînen boesen zorn?
swer dirre wünne volget, hât jene dort verlorn,
iemer mêr owê.

O weh, wie kläglich heute die jungen Leute tun!
Einst höfisches Benehmen ist vergessen nun.
Sie kennen nichts wie Sorgen: Ach warum tun sie so?
Wohin ich mich auch wende, da ist niemand froh.
Tanzen, Lachen, Singen zergeht in Sorgen gar:
Nie sah man unter Christen solch jämmerliche Schar.
Wie schlecht den Edelfrauen doch das Gebände steht,
und mancher stolze Ritter in Bauernkleidung geht.
Ungnädige Briefe her von Rom gekommen,
erlauben nur zu trauern – die Freude ist genommen.
Das schmerzt mich innigliche (wir lebten ehrenvoll),
daß ich nun für mein Lachen Weinen tauschen soll.
Die Vögel in den Lüften betrübet unsre Klage.
Was Wunder, wenn ich davon freudlos gar verzage?
Weh, was sprech ich Tumber in meinem bösen Zorn?
Wer das Heil hier suchet, hat jenes dort verlorn.
Immer mehr o weh.

Owê wie uns mit süezen dingen ist vergeben!
ich sihe die bittern gallen in dem honege sweben.
diu welt ist ûzen schoene, wîz grüen unde rôt,
und innân swarzer varwe, vinster sam der tôt.
swen si nû habe verleitet, der schouwe sînen trôst:
er wirt mit swacher buoze grôzer sünde erlôst.
dar an gedenket, ritter: ez ist iuwer dinc.
ir traget die liehten helme und manegen herten rinc,
dar zuo die vesten schilte und diu gewîhten swert.
wolte got, wan wære ich der segenuge wert!
sô wolte ich nôtic armman verdienen rîchen solt.
joch meine ich niht die huoben noch der hêrren golt:
ich wolte sælden krône êweclîchen tragen:
die mohte ein soldenære mit sîme sper bejagen.
möht ich die lieben reise gevaren über sê,
sô wolte ich dennen singen wol, und niemer mê owê,
niemer mêr owê.

O weh, wie ist mit süßen Dingen uns vergeben!
Ich seh die bittre Galle mitten im Honig schweben.
Die Welt ist schön von außen, weiß und grün und rot,
doch innen schwarzer Farbe, finster wie der Tod.
Wen sie nun hat verleitet, seh zu wo Trost noch sei:
Er wird mit leichter Buße von großer Sünde frei.
Daran denket, Ritter, denn es ist eure Pflicht,
ihr tragt die lichten Helme, scheut harte Rüstung nicht.
Dazu die festen Schilde und das geweihte Schwert –
wollte Gott ich wäre noch solcher Segnung wert!
Dann würd ich kläglich Armer verdienen reichen Sold –
ich mein nicht Hufen Landes, noch der Herren Gold:
Ich wollt die Himmelskrone auch für ewig tragen:
Die konnte einst ein Söldner mit seinem Speer erjagen.
Könnt zur ersehnten Reise ich fahren über See,
so wollt ich jubelnd singen: nimmermehr o weh,
nimmermehr o weh.

Wie so oft, geht Walther auch hier zunächst von sich aus. Er beginnt mit dem einstimmenden Klageruf »o weh« und beschreibt anschließend eindringlich und ergreifend seine Enttäuschung und Erschütterung anläßlich des Besuches der Stätte seiner Kindheit, die er jahrzehntelang nicht mehr gesehen hatte. Er verknüpft meisterhaft und geschickt seine Eindrücke mit der Fragwürdigkeit irdischen Daseins. Anschließend beklagt er die Kümmerlichkeit der Jugend und den Verfall höfischen Wesens – nicht unbegründet, denn es waren tatsächlich Zeiten sittlichen und gesellschaftlichen Verfalls. Dann aber zeigt er den Weg, irdische Trübsal zu überwinden, um wahren Lohn zu gewinnen: nämlich das ewige Heil. Der Weg dazu ist für die Ritterschaft, an die er sich wendet, die Teilnahme an dem lange schon geplanten und nunmehr bevorstehenden 5. Kreuzzug (1228-29).

Der in Palermo residierende deutsche König und römische Kaiser Friedrich II. hatte Walther in dessen Heimat geschickt, um auch die österreichische Ritterschaft für den Kreuzzug zu gewinnen. Walther, der Friedrich II. sein Lehen verdankte, ein sorgenfreies Alter also, konnte sich diesem Auftrag nicht entziehen. Es war eine allerhöchste Gunstbezeigung des Kaisers, einen auf gesellschaftlich niedrigstem Rang stehenden Sänger zu belehnen. Walthers Kreuzzugsaufruf, der meist als »Alterselegie« bezeichnet wird, wird in der Literatur hoch geschätzt. Vielen gilt er als die vollkommenste Schöpfung mittelhochdeutschen Schrifttums. Daher schreibt Max Wehrli: »Der letzte Dienst am Reich ist die berühmte Elegie, eines der letzten Gedichte, das mit Recht als ein dichterisches Wunder des Mittelalters gilt. Es ist

Zusammenfassung und zugleich Überwindung und Überhöhung eines ritterlichen Lebenswerks. Es ist Klage über den Verfall höfischer Ordnung und Freude, die gefeiert und doch als vergänglich erfahren wird, Wendung zum höchsten Thema, dem Thema des christlichen Heils, und Aufforderung, dieses Heil auf ritterliche Weise im Kreuzzug zu erwerben – alles in einem unvergleichlichen Schweben und Transzendieren der einen Ebene auf die andere. Diese Weltklage, deren Motive schon in einer Reihe von anderen Gedichten entfaltet waren, ist zudem ein Bekenntnis (hier darf das Wort gewagt werden) des alternden, dem Weltlich-Irdischen entwachsenden Dichters wie das Dokument einer allgemeinen Zeitstimmung. Sie bezeichnet auch geschichtlich ein Ende, den verklärenden Abschied vom Mittag höfischen Lebens. Was diese hohe Zeit, die Zeit von nicht mehr als ein bis zwei Generationen, erworben hat, das reicht immerhin aus, um während einer Folge von Jahrhunderten unabsehbar in kleinere Währung ausgemünzt zu werden.«

Wehrli bezeichnet Walthers Kreuzzugsaufruf als ein dichterisches Wunder, was es unbestritten auch ist. Nur spricht nichts für eine »Zusammenfassung und zugleich Überwindung und Überhöhung eines ritterlichen Lebenswerks«, denn es gibt keinen Nachweis für eine ritterliche Herkunft Walthers, obwohl es sicherlich, neben einem Lehen, der sehnlichste Wunsch Walthers gewesen sein dürfte, rittermäßig geachtet und angesehen zu werden. Es ist auch sehr zu bezweifeln, ob dieses Gedicht ein Bekenntnis des alternden, dem Weltlich-Irdischen entwachsenden Dichters war. Es ist durchaus vorstellbar, daß Walther lieber zu Hause in seinem Lehen geblieben wäre, als im letzten Abschnitt seines Lebens nochmals einer Aufgabe Folge leisten zu müssen, die ihn zwang, eine bestimmt auch mit Beschwernissen verbundene Reise nach Österreich zu unternehmen, ihn aber andererseits mit Genugtuung erfüllt haben mußte: Denn er durfte als Herold und Künder kaiserlichen Willens sich an die österreichische Ritterschaft wenden und in Wien am Hofe Herzog Leopolds VI., der sich ihm gegenüber stets ablehnend verhalten hatte, im Namen eines Mächtigeren auftreten. Die Traumrolle, die Walther vermutlich im Nibelungenlied den beiden Spielleuten Wärbel und Swemmel zugeschrieben hatte, konnte er nun selbst übernehmen.

Ähnlich urteilt auch Siegfried Obermeier: »Das ist eine erschütternde Klage, die uns auch heute noch betroffen macht. Man kann sie nicht als das poetisch stilisierte Gejammer eines alternden Mannes abtun, obgleich auch solche – uns von anderen Liedern schon vertraute – Töne durchschimmern, wie etwa die Klage über die trübselige Stimmung der jetzigen Jugend. Doch in diesem Lied geht es um mehr. Trotz der elegischen Grundstimmung will mir scheinen, daß Walther sich nicht mit dem Zustand der Welt abfindet, daß er nicht resigniert. Er zeigt Schwächen auf, wo er sie findet, registriert Veränderungen (das Land ist jetzt bebaut und gerodet ist der Wald), gesteht seine Mutlosigkeit (Wen wundert's noch, wenn ich am Leben schier verzage), doch Weltekel und völlige Abkehr von irdischen Dingen scheint mir nicht ausgedrückt zu sein. Der erwähnte Söldner mit seinem Speer ist eine Anspielung auf die Longinus-Legende. In dieses Werk ist so viel hineininterpretiert worden, daß ich mir weitere Deutungsversuche erspare. Bemerkenswert ist jedoch wiederum die Anspielung auf den Kreuzzug, der zum Hauptanliegen von Walthers letzten Lebensjahren geworden ist. Walther sehnt sich danach, die *lieben reise* über die See ins Heilige Land mitmachen zu dürfen, doch denken wir daran, daß er ein Dichter ist und seine Sehnsucht mehr poetischen Charakter trägt. Er hätte in jüngeren Jahren gewiß Gelegenheit gehabt, das Kreuz zu nehmen; aber damals steckte er noch mitten im Leben, sah die Sache weit nüchterner und blieb zu Hause.

Wie viele alte Menschen blickt auch Walther immer häufiger in die schöne Zeit seiner Jugend zurück. Er verklärt sie indessen nicht zu sehr, da er als frommer Mann jetzt häufiger nach oben blickt und sich nicht leichtfertig die Seligkeit verscherzen will.«

Wieder ist es Walthers »erschütternde Klage, die uns heute noch betroffen macht«. Sicherlich kann man sie »nicht als das poetisch stilisierte Gejammer eines alten Mannes abtun«, denn darum geht es ja gar nicht. Walther versucht mit diesem Gedicht seinem Auftrag gerecht zu werden und möglichst eindringlich und wirkungsvoll zur Teilnahme an dem beabsichtigten Kreuzzug aufzurufen, was ihm zweifelsfrei beispiellos gelingt. Wenn Obermeier »die Anspielung auf den Kreuzzug« bemerkenswert findet, »der zum Hauptanliegen in Walthers letzten Lebensjahren geworden ist«, so übersieht er den gegebenen Anlaß. Walther handelt nicht aus eigenem Wunsch, sondern im Auftrag seines Herren und Brotgebers. Vermutlich hätte sonst der ganze Kreuzzug Walther kalt gelassen. Denn er konnte, was das irdische Daseinsglück betrifft, nicht mehr erreichen, als er schon hatte. Möglicherweise erfüllte Walther der Auftrag sogar mit gewisser Genugtuung – als Herold und Künder des Kaisers. So erinnert Walthers Auftrag an den der beiden Spielleute Wärbel und Swemmel im Nibelungenlied – Standesgenossen also –, die vom Hunnenkönig Etzel als Botschafter an den Hof von Worms gesandt worden waren, um Kriemhild und ihre königlichen Brüder zum Besuch einzuladen, wie das Nibelungenlied berichtet. Vielleicht war es Jahrzehnte früher Walthers Einfall gewesen – auf seine Mitwirkung am Nibelungenlied wird später näher eingegangen –, zwei Außenseiter der Gesellschaft mit einer wichtigen diplomatischen Aufgabe zu betrauen und damit deren Stand, dem er auch angehörte, aufzuwerten. Auffallend, allerdings nicht für jeden, ist, daß Walther zwar knapp, jedoch bezeichnend, die durch eine Klimaverschlechterung verursachten Veränderungen der ihm früher vertrauten Umwelt seiner Heimat beschreibt, aber nichts von noch lebenden Verwandten berichtet. Es müßte solche eigentlich noch gegeben haben – Vettern, Basen oder deren Nachkommen. Wären diese ritterlicher Herkunft gewesen, er hätte es bestimmt nicht verschwiegen!

Hans-Uwe Rump sieht die Sache so: »Am Ende seiner Tage blickt Walther zurück auf sein Leben – er hat diese Elegie wohl nur wenige Jahre überlebt – und zieht Bilanz. Der Dichter sieht Land und Leute, in dem er von Kindheit an erzogen ist, mit denen er gelebt hat, und all das ist ihm fremd. Er hat alles und alle über-lebt: Die Welt ist trostlos geworden für ihn.

Im zweiten Teil dieser Lebensklage gedenkt Walther der Jugend, die einst hohen, höfischen Sinn besaß, und kann nichts mehr davon finden – kein Lachen, Tanzen, Singen mehr; alles geht in Kummer unter. Die Ritter tragen *dörpellîche wât,* bäuerliche Kleidung; der Papst in Rom verschickt ungnädige Sendschreiben. Nach außen hin ist die Welt noch schön, innen aber längst ausgestorben.

Walther sieht jedoch noch eine Hoffnung: ein Sühnezug unter dem Zeichen des Kreuzes soll Rettung bringen. Zutiefst bedauert er es, nicht zu dem auserwählten Kreis der Kreuzritter zu gehören, und bekennt:

Könnte ich die ersehnte Fahrt übers Meer mitmachen,
dann würde ich freudig singen, und niemals mehr o weh,
niemals mehr o weh!

Es ist das Großartige an diesem Altersgedicht wie überhaupt an Walthers Leben, daß zwar die Vergänglichkeit, die Lebensnot intensiv erfahren wird, der Dichter aber trotzdem den Weg zur Überwindung, zu einem neuen Leben findet, das hier ein Leben für Gott ist. Dasselbe gilt auch für Walthers Werk. Indem er zunächst in seinen Minneliedern die Ansprüche der Zeit erfüllte, wuchs er allmählich über diese hinaus und schuf neue Formen, die nicht nur eine literarische, sondern auch eine gesellschaftliche Revolution bedeuteten.«

Lobende Worte und höchste moralische Anerkennung findet Hans-Uwe Rump für Walthers edle Gründe, die ihn zur Abfassung seiner »Elegie« bewogen haben sollten. Immerhin findet er zwei Seiten später, daß Walthers »politischer Weg in jenen Jahren der Wende vom 12. zum 13. Jahrhundert nicht eben gradlinig« war, »und wenn er seine Kunst der Spruchdichtung in den Dienst der Herrschenden stellte, so dachte er nicht selten dabei an den eigenen

Vorteil.« Und hier sollte es nun ganz anders gewesen sein? Wie so oft dürfte wohl auch Brechts Ausspruch »Erst kommt das Fressen, dann kommt die Moral!« wieder den Nagel auf den Kopf treffen.

Einen etwas anderen Standpunkt nimmt Ursula Schulze ein. Sie schreibt: »Walthers sogenannte Elegie gehört in die Vorbereitungsphase dieses 5. Kreuzzugs (der päpstliche Bann von 1227 wird darin angesprochen), sie betreibt Werbung auf eine sublime Weise, ohne mit einem Aufruf zu beginnen und die konventionelle Propagandamotivik einzusetzen. Am Anfang steht eine Klage und Laudatio temporis acti mit der Fiktion eines Lebensrückblicks des gealterten Sängers: das Leben erscheint wie ein Traum, einst Bekanntes bei Menschen und in der Natur ist fremd geworden, das höfische Leben verfällt, die politische Situation ist bedrohlich, und gerade die *unsenften brieve* aus Rom verweisen auf die Realität der Beobachtungen. Aus der persönlichen Erfahrung von Veränderung und Traurigkeit wird der Sinn auf die Vergänglichkeit der Welt und die Ewigkeit gelenkt, das heißt, die individuell gezeigte Betroffenheit wird in einen größeren Zusammenhang eingeordnet, und darin der Kreuzzug als Lösung aus der allgemeinen Sündhaftigkeit der Welt. Das allgemeine politische Anliegen wird nicht mit den bekannten religiösen Argumenten begründet, sondern aus der Vorgabe individueller deprimierender Erfahrung. Antithetisch dazu entwickelte Walther die ewige Seligkeit zum Lohn für die Kreuzritter, die er als glanzvolle Gegengestalten der vom Verfall gezeichneten Gesellschaften anspricht, damit sie die Sache des Sängers zu der ihren machen. Walther argumentiert nicht ausdrücklich für die Politik des

Kaisers, sondern deklariert den Kreuzzug zum Heilsmittel gegen Verzweiflung im einzelnen Leben, damit schaltet er die Frage aus, ob es von Gott gewollt sein konnte, im Gefolge eines Gebannten den Kreuzzug anzutreten; denn es gab höhere Gründe. Die Argumentationsstruktur und die Versgestaltung machen die Elegie zu einem äußerst kunstvollen ästhetischen Gebilde. Die drei Strophen, die aus nibelungenliedhaften Langzeilen gefügt sind, beginnen jeweils mit dem Klagerufe *Owe,* den die ersten beiden Strophen in einer abschließenden Kurzzeile wiederholen, während ihn die letzte Strophe umkehrt.«

Ursula Schulze erkennt in dem Gedicht die »Fiktion eines persönlichen Lebensrückblicks« und Walthers Klagen als stilistische Kunstgriffe. Womit sie wahrscheinlich durchaus recht hat, obwohl ein tatsächlich stattgefundenes Wiedersehen Walthers mit dem Ort seiner Kindheit gewiß auch betrübliche und wehmütige Gedanken ausgelöst haben dürfte. An dem, was in Erinnerung geblieben und sich in Jahrzehnten verändert hat, merkt man, daß man alt geworden ist. Alles ist so anders, als es einst war. Auch die Zeit der Blüte des Minnesanges, deren Großmeister Walther ja war und dessen er sich auch bewußt war, ist verweht und vergangen. Und die wirren politischen Verhältnisse hatten zu einer weit verbreiteten Verdrossenheit geführt. Wesentlich hatte der Gegensatz zwischen Kaiser und Papst dazu beigetragen, von denen keiner den anderen zu mächtig werden lassen wollte. Infolge des schon zu Beginn gescheiterten Kreuzzuges Friedrichs II. im Jahre 1227 belegte ihn Papst Gregor IX. mit dem Bann – womit er nicht nur seinen Unmut über den jahrelang versprochenen Kreuzzug dokumentierte, sondern auch die kaiserliche Macht einzudämmen suchte. Trotzdem trat Friedrich II. im nächsten Jahr noch einmal an, wobei es ihm auch um machtpolitische Ziele ging, was wiederum dem Papst nicht paßte. Doch trotz aller Hindernisse, die ihm jener bereitete – Gregor IX. ließ, vom Bann ganz abgesehen, gegen den Kaiser predigen und begann, die Christen im Heiligen Land gegen ihn aufzuwiegeln –, war der Kreuzzug erfolgreich, und Friedrich II. konnte sich am 18. März 1229 in der Grabeskirche selbst die Königskrone von Jerusalem aufsetzen.

Während Ursula Schulze zwar auf die »nibelungenliedhaften Langzeilen« hinweist, ohne auf deren besondere Bedeutung einzugehen, befaßt sich Gerhard Hahn eingehender mit ihnen. Er schreibt: »Das Lied spricht noch pointierter, wenn man es sich tatsächlich für einen Aufenthalt in Österreich verfaßt und dort vorgetragen denkt. Dann könnte Walther, indem er die ungewöhnliche Form der Langzeile wählte, auch auf die bezeichnende Dichtung des Raumes angespielt haben, auf die frühe ritterliche Liedesdichtung etwa des Kürenbergers oder auf das Nibelungenlied.« Und sicherlich zählt Walthers sogenannte Alterselegie, die in Wirklichkeit nichts anderes als eine Auftragsarbeit war, zu den Schlüsseln zu Walthers Herkunft.

Walther und Bischof Wolfger von Passau

In seinem Buch »Gestalten des Hochmittelalters« berichtet Werner Goez über den Bischof Wolfger von Passau (1191-1204) und späteren Patriarch von Aquilea (1204-1218): Er war »ein Mann ohne große politische Verbindungen und weder durch Beweise besonderer Frömmigkeit noch durch seltene Gelehrsamkeit irgendwie auffallend. Anders als seine beiden Vorgänger, die aus hochadeligem Hause kamen, stammte Wolfger zwar aus guter, doch keinesfalls aus sehr vornehmer Familie. Sein Bruder Eberhard war sogar mit einer Unfreien verheiratet; des Adels wegen hatte man den Probst von Zell am See (Salzburger Land) bestimmt nicht auf den Passauer Bischofsstuhl erhoben. Die Stammburg des Geschlechts lag in Erla (unterhalb von Linz an der Donau). Wohl bereits ein Endvierzigjähriger, besaß Wolfger ungeachtet des fortgeschrittenen Lebensalters und des beachtlichen geistlichen Ranges, den er zum Zeitpunkt der Wahl bekleidete, nur die niederen Weihen (zum Ostiarius, Lektoren, Exorzisten und Akoluthen; 1972 mitsamt der Weihe zum Subdiakon durch Papst Paul VI. abgeschafft).

Das war damals nichts Ungewöhnliches, wollte sich doch mancher Herr aus edlem oder weniger edlem Blute möglichst lange die Entscheidung offenhalten, entweder in einer kirchlichen Karriere oder durch eine einträgliche Hochzeit sein ehrenvolles Glück zu machen. Erst mit der Salbung zum Priester wurde der Zölibat verpflichtend. Wolfger lag ein solcher Grund freilich fern. Er war nämlich bereits verheiratet gewesen und hatte sich nach dem Tod der Gemahlin entschlossen, Geistlicher zu werden; ein Sohn aus dieser Ehe trat später gleichfalls ins

Passauer Domkapitel ein. Der Aufstieg in der Hierarchie war rasch vonstatten gegangen.«

Als Bischof von Passau war Wolfger zugleich auch Reichsfürst. Als solcher bewährte er sich als Diplomat und vermittelte mit großem Geschick zwischen Kaiser und Papst, wobei er bei allen diplomatischen Aufträgen für sich und seine Diözese oftmals größere oder kleinere Vorteile herausschlagen konnte. Indes, wie Werner Goez schreibt, »mutet das alles nicht sehr geistlich-asketisch an. Indem Wolfger in den Klerus eintrat, gab er den weltlichen Lebensstil deshalb nicht ganz auf. So oft es ihm möglich ist, huldigt er unterwegs der Jagd, vor allem der Falkenbeize. Mehrfach sind Aufwendungen für Jagdhelfer, Falkner, den Ankauf der edlen Vögel in die Listen eingetragen. Nicht selten wird Wein eingekauft, ein ganz besonders guter einmal in Zeiselmauer. Der hohe Herr trinkt ihn nicht allein. Allwöchentlich beschafft man Kerzen und Unschlitt-Lichter, nach dem Kaufpreis in großer Menge. Offensichtlich bleibt die Gesellschaft abends gerne zusammen, auch wenn es inzwischen dunkel geworden ist. Und wenn man fröhlich beim Glase sitzt, möchte man sein Unterhaltungsbedürfnis befriedigen. Gaukler, Sänger, Taschenspieler, Rezitatoren, Geiger, sogar Messerwerfer finden ihr Publikum. Vom Possenreißer und ›Lotterpfaffen‹ bis zum großen Dichter reicht das Spektrum der Abendunterhaltungen.«

Bischof Wolfger war, wie man sieht, ein durchaus auch den weltlichen Freuden zugetaner Mann. Die Ehe seines Bruders Eberhard mit einer Unfreien beweist, daß die Familie keinen Standesdünkel kannte. Deshalb hatte er auch keine Scheu, sich mit Leuten geringerer Herkunft, anscheinend auch mit »Unehrlichen« zu umgeben. Unter diesen befand sich auch Walther von der Vogelweide, der ihm möglicherweise als junger Mann von seinem »besonderen Freund« Hadmar II. von Kuenring (gestorben 1217) empfohlen worden war. Denn wenn, wie wir als wahrscheinlich annehmen, Walther gebürtiger Waldviertler war, konnte er nur aus dem Herrschaftsbereich der Kuenringer stammen. Die Kuenringer, ursprünglich aus einem hochfreien sächsischen Adelsgeschlecht stammende bayrische Lehensträger, zählten bald zu den mächtigsten und einflußreichsten Ministerialen der Babenberger Markgrafen, beziehungsweise Herzöge. Sie besaßen besonders im Gebiet nördlich der Donau weite Landstriche, Burgen und feste Plätze. Wie bedeutend die Kuenringer damals waren, beweist die Tatsache, daß sie nur wenige Jahre nach Gründung des babenbergischen Stiftes Heiligenkreuz im Wienerwald schon 1138 – also noch zu Lebzeiten des heiliggesprochenen Bernhards von Clairvaux – im Gebiet des damals von ihnen erschlossenen Nordwaldes, dem heutigen Waldviertel, ebenfalls ein Zisterzienser-Kloster errichten konnten. Möglicherweise hatte der hochbegabte Knabe Walther mit dem Kuenringer-Stift Zwettl, dem geistlichen Mittelpunkt dieser Landschaft, zu tun, in dem Hadmar II. von Kuenring auf ihn aufmerksam gemacht wurde. Auch Hedwig Heger meint, daß Walther, der »in hohem Maße musikalisch war, vermutlich eine Klosterschule durchlaufen hat«. Ebenso weist Fritz Peter Knapp darauf hin: »Bereits im ersten und zweiten Reichstonspruch zeigen sich zudem theologische Elemente, die eine klerikale Ausbildung des Dichters wahrscheinlich machen.« Und alles spricht dafür, daß Walthers Weg über Passau nach Wien führte.

Walthers Schicksal war zeitweise eng mit dem Bischof Wolfgers verbunden. Letzterer hatte Walther wohl früh schon gefördert und war bestrebt, ihn auch auszuzeichnen. Ihm verdanken wir auch den einzigen zeitgenössischen Hinweis auf Walther.

So schreibt Siegfried Obermeier: »1874 wurde in den Reiserechnungen des Bischofs Wolfger von Passau unter dem 12.11.1203 die folgende Eintragung gefunden (die Abkürzungen sind ausgeschrieben):

Walthero de vogelweid pro pellicio V. solidos longos.
Sequenti die (sc. post sanctum Martinum)
apud zeizemurum walthero cantori de vogelweide
pro pellicio V. solidos longos.

Der erste Satz ist als schnelle Notiz des bischöflichen Sekretärs zu verstehen, im zweiten Satz gibt dieser eine ausführliche Nachschrift, deren Übersetzung lautet: ›Am nächsten Tag (d. h. nach St. Martin) bei Zeiselmauer dem Sänger Walther von der Vogelweide für einen Pelzrock (oder Pelzmantel) fünf Solidi.‹

Diese alte Bezeichnung ›solidus‹ wurde aus Byzanz übernommen und lebte später als ›Schilling‹ weiter. Nach damaliger Rechnung handelte es sich um eine halbe ›Silbermark‹, wobei ›Mark‹ als ein Gewicht von ca. 134 Gramm zu verstehen ist.

Das war ein nobles Geschenk ... Jeder nur halbwegs mit der Münzordnung des Mittelalters Vertraute weiß, daß dieser Betrag – auch wenn man ihn schwer am heutigen Geldwert messen kann – ein rundes Sümmchen darstellte. In Walthers Zeiten wird z. B. ein kleiner Handwerker kaum jemals so viel Geld auf einmal besessen haben. Ein Gaukler bekam bestenfalls ein paar Kupfermünzen hingeworfen, zu einem Pelzrock hat er es in seinem ganzen Leben nicht gebracht. Außerdem: Walther erhält ja kein Geld, sondern einen Pelzmantel im Wert von fünf Solidi. Ein solches Kleidungsstück war den höheren Ständen vorbehalten. Es war, da der Winter vor der Tür stand, der Jahreszeit angemessen.

Aus diesem noblen Geschenk dürfen wir schließen, daß Walther nicht dem Bischof zufällig begegnet ist, sondern daß er sich in dessen Gefolge befunden hat. Dies ist um so wahrscheinlicher, als Walther dem Bischof – Wolfger von Erla war ursprünglich Stauferanhänger – am Hofe Philipps schon begegnet sein muß. Wolfger stammte aus einem oberösterreichischen Geschlecht und wurde 1191 Bischof von Passau. Sein Geburtsjahr ist nicht bekannt, doch wird er zu der Zeit ein Mann etwa Mitte der Dreißig gewesen sein. Unter seiner Herrschaft entwickelte sich Passau zu einem beachtlichen Zentrum geistigen Lebens. Wolfger muß der Dichtung sehr zugeneigt gewesen sein, da während seiner Amtszeit (1191-1204) in Passau die letzte Fassung des Nibelungenliedes entstand. Neben Walther hat sich auch der Minnesänger Albrecht von Johannsdorf (nachgewiesen 1185-1209) dort aufgehalten. So ist es sehr wahrscheinlich, daß das Verhältnis des Wolfger von Erla zu Walther, dem damals schon weitberühmten, über eine zufällige Bekanntschaft hinausging.

Vom namentlich unbekannten Schöpfer der letzten Fassung des Nibelungenliedes als ›Bischof Pilgrim‹ verewigt, finden wir Wolfger 1198 auf der Rückreise von einem gescheiterten Kreuzzug. Zuerst auf König Philipps Seite, distanzierte sich der Bischof jedoch von dem gegen den Kirchenbann verfaßten Protestschreiben der Stauferpartei. Von September 1203 bis Januar 1204 hielt sich Wolfger in Österreich auf. Während dieser Zeit muß Walther in seinem Gefolge gewesen sein.

Es wird allgemein angenommen, daß Walther mit ihm an der Hochzeit Leopolds VII. mit Theodora Komnena teilgenommen hat.« Hier irrt Obermeier zweimal: Erstens gab es keinen Leopold VII. – Leopold VI. war der letzte Babenberger-Herzog gleichen Namens –, und zweitens war Theodora Komnena, Nichte eines byzanthinischen Kaisers, die Gemahlin des Markgrafen und späteren Herzogs Heinrich II. Jasomirgott, der von 1141 bis 1176 regierte. Obermeier fährt fort: »Walther ist zu dieser Zeit also wieder am Wiener Hof, dem haßgeliebten, der ihn immer von neuem anzieht, ihn jedoch – was nicht zuletzt an Walther selber liegen mag – nicht halten kann oder will.

Wenn Walther anläßlich der erwähnten Hochzeit – wie von vielen angenommen – sein Preislied auf die *tiuschen frowen* gesungen hat, so wäre dies ein kleiner Tritt ins Fettnäpfchen gewesen: die schöne junge Braut war schließlich eine Orientalin, eine oströmische Kaiserstochter.

Ich will ihm aber diese Unhöflichkeit nicht unterstellen. Sollte er sie sich aber tatsächlich geleistet haben, so hätte Herzog Leopold wieder einen guten Grund gehabt, Walther seines Hofes zu verweisen.«

Noch ausführlicher behandelt Hedwig Heger die Reiserechnungen des Bischofs Wolfger und dessen Verhältnis zu Walther. Sie schreibt: »Die geistes- und literarhistorische Bedeutung Wolfgers, des Vertrauten derselben Kaiser und Fürsten, als deren Anhänger sich auch der Spruchdichter Walther von der Vogelweide bekennt, will das Kapitel ›Walther und

Wolfger‹ zeigen. Ausgehend von der erstmaligen Gegenüberstellung sämtlicher Varianten von Konzept und Reinschrift der ersten österreichischen Reise und von der erstmaligen Übersicht über die bischöfliche Großzügigkeit (zum Beweis der ehrenvollen Stellung, die der ›cantor‹ Walther eingenommen haben muß), bemüht es sich um die Herausarbeitung der Beziehung Walthers zu dem Mäzen Wolfger und dem literarischen Kreis an dessen Hof in Passau und Aquilea (Nibelungen-Dichter Albrecht von Johansdorf, Eilbert von Bremen, Bligger von Steinach, Boncampagno, Thomasin von Zerclaere), unter besonderer Berücksichtigung der Situation im Spätherbst 1203.« Weiter heißt es über Bischof Wolfger: »Dieser Sachverständige in Belangen der großen Dichtung der Zeit und hervorragende staufische Kirchenfürst, in dessen Diözese Walther herangewachsen war, konnte als gebürtiger Österreicher nachgewiesen werden, als Herr von Erla« (nahe Enns an der Donau gelegen). Es spricht alles dafür, daß Walther, nachdem er Wien verlassen mußte, sich in Passau zum staufischen Parteigänger (wie sein Förderer) entwickelt hat und damit den Einstieg in die Reichspolitik bewirkte, aus der er, wie später sein Leben beweist, größeren Nutzen ziehen konnte denn als Minnesänger. Aus eigener Erkenntnis war er damit wohl – wie man heute zu sagen pflegt – der erste PR-Mann im deutschen Sprachraum.

Was nun das Pelzrock-Geschenk betrifft, wird allgemein angenommen, daß der bevorstehende Winter und die zu erwartende Kälte Bischof Wolfger zu diesem Geschenk bewogen haben. Dazu schreibt John Margetts: »Ganz im Gegensatz zu den feinen Unterscheidungen, die im Mittelalter zwischen Typen von Musikern gemacht werden, wird der cantor Walther von der Vogelweide durch seine Lebensumstände dazu gezwungen, sich stets um pecuniam et gloriam zu bemühen, ähnelt also nach der Definition von Augustinus eher dem spilman, histrio oder joculator. Aber er wird vom Bischof von Passau auffallenderweise nicht wie diese letzteren behandelt, denn der Bischof schenkt Walther keinen – wie üblich am Tage des Heiligen Martins – alten Mantel, sondern Geld für einen neuen Mantel.« Immerhin stand Walther damals in der Mitte seines Lebens und hätte eines solchen Geschenks, wenn, sicherlich länger schon bedurft. Siegfried Obermeier läßt jedoch die Vermutung zu, daß das Geschenk gar nicht den Zweck hatte, den Sänger vor Kälte zu schützen, sondern um ihn vielmehr auszuzeichnen. Denn, wie er schreibt, war »ein solches Kleidungsstück den höheren Ständen vorbehalten«. Es stellt sich nun die Frage, womit sich Walther eine so hohe Gunstbezeigung erworben hatte. Sollte es ein Trost dafür sein, daß Herzog Leopold Walther die ersehnte Rückkehr an den Wiener Hof versagt und ihn damit gezwungen hatte, ein sicherlich mühevolles und entbehrungsreiches Wanderleben weiterzuführen? Oder sollte Bischof Wolfger noch andere Gründe gehabt haben? Wir kommen später noch darauf zurück.

Edward Schröder hat, wie Hedwig Heger ergänzend berichtet, »auf Grund zweier gewissenhaft verbuchter Einkäufe an Fuchspelzen und Buntwerk eine genaue Berechnung (inklusive Arbeitslohn) angestellt und ist zu folgendem Ergebnis gekommen: ›Walthers Pelzrock sollte nach außen einen Besatz von Fuchspelz tragen, im Innern wie die Cuculla des Bischofs mit Fehwerk gefüttert sein.‹ So kann man sich also ungefähr auch vom Äußeren des ›historischen Pelzrockes‹ eine Vorstellung machen.

Handelt es sich bei der Gabe um eine freigebige Geste, die mit dem Martinstag lediglich in Zusammenhang steht, oder handelt es sich um eine zu diesem Termin fällige Entlohnung für eine längere Dienstbarkeit? Stand also – und hier teilen sich die Ansichten ganz entschieden – Walther in einem Dienstverhältnis zum Passauer Hof oder nicht? Es wird vor allem darauf ankommen, was man unter Dienstverhältnis versteht. Nimmt man es in strengem Sinn als tatsächliche Ausübung eines Amtes – wie etwa als cantor an der Passauer Domschule – oder als die Funktion eines Lehensmannes, wird man wohl mit Nein antworten dürfen. Denkt man dagegen an ein freies Dienstverhältnis jener Art, wie es seit altersher zwischen Fürsten und Sängern bestand, wird die Antwort Ja sein.

Walther war Sänger. Einer jener Großen, wie sie nur alle paar Jahrhunderte der Welt geschenkt werden. Unverändert umfängt uns auch heute noch in seinen Versen der starke Atem seiner Persönlichkeit. Er zählt zu jenen Auserwählten, deren Kunst trotz aller zeitgebundenen Aktualität ins zeitlos Ewige greift. Walther war Dichter aus Berufung – Berufsdichter; Spruchdichter; Gelegenheitsdichter, wenn man will. Er lebte von seiner Kunst. Das war nichts Anstößiges oder Entwertendes. Im germanischen Raum wäre er ein Skop oder Skald gewesen, ein hochangesehenes Mitglied der oberen Gesellschaft, nicht wegzudenken aus dem unmittelbaren Gefolge des Fürsten, Vertreter einer ehrwürdigen Kunst, die in innigstem Zusammenhang stand mit der Götterverehrung, der Weissagung, dem Recht. Seine Kunst war eine Dienstleistung gegenüber dem Herrn und begründete seinen Anspruch auf Lohn. Er brauchte deshalb nicht immer bei einem Herrn zu bleiben, sondern konnte an anderen Höfen neues Publikum suchen.

Die Rechnungen Wolfgers verbürgen uns, daß die Reisegesellschaft am 10. November, einem Montag, von Wien aufbrach, am Martinstag in Klosterneuburg war und daß Walther tags darauf – Mittwoch, den 12. November 1203 – in Zeiselmauer die großzügig bemessene Gabe aus der bischöflichen Kasse empfing. Schon die Höhe der Summe war auffällig. Die Bestimmung ›pro pellicio‹ in Verbindung mit dem Datum mußte erst recht zu denken geben. Denn der Martinstag war im Mittelalter nicht nur als eines der hohen Heiligenfeste bekannt, er war auch Rechts- und Zinstermin ... Es konnte auch zu einem Wechsel des Gesindes kommen. An diesem Ziehtermin und an das verbreitete Recht, daß der im unbelehnten Dienst Stehende am ersten hohen Festtag seines Dienstjahres ein Geschenk in Pelzwerk erhielt, knüpfte Konrad Burdach seine Vermutung von ›einem unbelehnten, kündbaren Ministerialitätsverhältnis‹ Walthers ›zu dem Bischof von Passau‹ und wollte sogar in dem ›Pelzmantel nicht das Zeichen eines soeben zum ersten Mal geknüpften Dienstverhältnisses, sondern eines erneuerten‹ sehen.

Burdach konnte mit Recht schreiben: ›Der Archipoeta, den ersten staufischen Staatsminister Rainald von Dassel im Namen des heiligen Martin um einen Pelzmantel gegen die Winterkälte bittend, und Walther, vom Bischof Wolfger, dem einflußreichsten Ratgeber des staufischen Königs Philipp, am Tage des heiligen Martin mit einem Pelzmantel beschenkt –

das ist ein Parallelismus von förmlich symbolischer Kraft.‹ Man muß sich dabei nur bewußt bleiben, daß das Heischelied Walthers lediglich eine Fiktion ist und daß ein Pelzrock auch ohne Zusammenhang mit dem Martinstag ein stilgemäßes Geschenk für einen Dichter darstellt. Schon die Skalden, wie etwa Gunnlaug oder Thord, wurden mit einem Pelzrock begabt.

Aber man muß doch auch bedenken, daß Wolfger in Zeiselmauer wieder altpassauischen Kirchengrund betrat und daß in seiner eigenen Pfalz die beste Gelegenheit war, sich ungestört an der Kunst des berühmten cantor zu erfreuen. Es wäre also immerhin denkbar, daß Walther die Reisegesellschaft bald verließ – der er vielleicht schon lange vor Wien angehört hat – und daß die Gabe nicht nur fürstlichen Dank für am eigenen Herd genossene Sangeskunst darstellt, sondern gleichzeitig auch ein Abschiedsgeschenk. Dann aber wäre das Datum nur Zufall und nicht ausschlaggebender Faktor. Denn hätte die Babenberger Hochzeit zwei Wochen später stattgefunden, wäre Walther eben zwei Wochen später in Zeiselmauer gewesen. Für einen Pelzrock gegen die Winterkälte ein noch günstiger Zeitpunkt.

Walthers Beziehung zu Wolfger hat man sich durchaus nicht als kurzes Intermezzo vorzustellen. Der kunstsinnige Kirchenfürst war dem Sänger wohl herzlich gewogen, wie denn auch umgekehrt Wolfger sicher ›ein Mann nach Walthers Herzen‹ war.«

Bemerkenswert jedenfalls ist, daß das Geschenk anläßlich des Festes des heiligen Martin von Tours (11. November) gegeben wurde. Am Martinstag, auch Martini genannt, war der Zeitpunkt für den Wechsel der ländlichen Dienstboten und für Bestätigung oder Ablösung von Stadtbesoldeten, außerdem wurden Zinslieferungen und herrschaftsbräuchliche Gegenleistungen fällig. Die Erinnerung an die Legende, daß Martin von Tours als Soldat am Stadttor von Amiens seinen Mantel mit einem frierenden Bettler geteilt habe, hat im Volkskult eine besondere Rolle gespielt. Die Erinnerung an die Legende spielte zumindest mit, wenn am Martinstag der Martinsmann oder Pelzmärtel, gleich dem heiligen Nikolaus, den Kindern Geschenke bringt. Man kann also annehmen, daß ein Pelzmantel ein durchaus passendes Geschenk für den Pelzmärtel, in diesem Fall also für Bischof Wolfger von Passau gewesen sein konnte.

Der Ort der Übergabe des Pelzmantels, beziehungsweise des Geldes, war, wie bereits erwähnt, Zeiselmauer. Dieser Ort liegt auf dem Weg von Wien nach Tulln am Tullner Feld am Nordhang des Wienerwaldes an der Donau und war bereits eine römische Siedlung. Hier starb auch im Jahr 1091 der heilige Altmann, Bischof von Passau, Gründer des Stiftes Göttweig, der als Bauherr und Kunstförderer das österreichische Kulturleben nachhaltig beeinflußt hat. Seine Verehrung ist noch heute in den Diözesen Linz und St. Pölten zugelassen. Zeiselmauer gehört also nicht nur zum Herrschaftsgebiet Bischof Wolfgers, dem es außerdem durch den Heiligen besonders verbunden war.

Wie wir die Pelzrock-Schenkung nach all dem Gehörten beurteilen können, hat diese zwar mit dem Martinstag als solchem zu tun, nicht aber mit der weitgehend verbreiteten Annahme, man habe Walther vor Winterbeginn ein wärmendes Kleidungsstück zukommen lassen wollen. Bischof Wolfger ging es hauptsächlich darum, Walther aus der Menge der zahlreichen, ihn begleitenden Spielleute und Fahrenden herauszuheben und zu ehren. In der Reiserechnung wird Walther ausdrücklich cantor, also Sänger genannt, ein Wort, das allerdings auch Schauspieler, Ableierer oder Lobhudler bezeichnet. Doch können wir ausschließen, daß Walther mit den letztgenannten Bedeutungen in Beziehung gebracht werden sollte. Sicher geht aber aus der Bezeichnung cantor hervor, daß er nicht ritterbürtig war, wie heute noch viele annehmen (der Titel *her*, den Wolfram von Eschenbach, Hugo von Trimberg und die Liederhandschriften ihm geben, entspricht überlieferten Gepflogenheiten und weist ihn weder als Adeligen noch als Ritter aus).

Sonst wäre er – mit der beabsichtigten Ehrung zwingend vereinbar – als miles bezeichnet worden, wie es etwa hundert Jahre später der Fall war. Oder weist cantor darauf hin, daß Walther als Sänger und Dichter eine bevorzugte Stellung am Passauer Hof eingenommen hatte? War diese Tätigkeit nunmehr erfüllt, die gestellte Aufgabe erledigt und Walther nach der Teilnahme an der Wiener Hochzeit im Gefolge Wolfgers, von der er sich wahrscheinlich die Rückkehr an den Wiener Hof erhofft hatte, aus einem Dienstverhältnis entlassen? Mußte er nun neuerlich sein unstetes Wanderleben aufnehmen? Bischof Wolfger jedenfalls überreichte ihm auf eigenem Herrschaftsgebiet, vielleicht um nicht den Babenberger zu verärgern, der Walther erneut abgewiesen hatte, ein wahrhaft fürstliches Abschiedsgeschenk, Walthers Rang unter den Sängern entsprechend.

Walther und das Nibelungenlied

Es ist bemerkenswerte, daß Österreich, damals die babenbergische Ostmark längs der Donau, als ein wesentlicher Ausgangspunkt der Entwicklung der deutschen Dichtung zu belegen ist.

Zur Zeit Walthers zählte der Wiener Hof der Babenberger-Herzöge zu den glänzendsten in deutschen Landen, ja, man kann mit Recht wohl sagen, daß er alle anderen übertraf. Als ein Haupt-Stapelplatz des donaubezogenen Ost-West-Handels war Wien wirtschaftlich aufgeblüht, von Vorteil war auch die Lage an dem Handelsweg zwischen Böhmen und der Adria. Mit der wirtschaftlichen Blüte ging der politische Aufstieg Hand in Hand. Babenberger waren mit deutschen Königen versippt, Leopold III. hatte Aussicht, deutscher König zu werden, und zwei hatten byzantinische Prinzessinnen geheiratet. Der zunehmende Wohlstand wiederum förderte die kulturelle Entwicklung auf allen Gebieten, und das babenbergische Österreich entwickelte sich zu einem wesentlichen Ausgangspunkt der deutschen Dichtung. So lebte hier wohl die erste mit Namen überlieferte Dichterin, die in deutscher Sprache schrieb, Frau Ava – sie verfaßte erzählende Gedichte, geistliche Gedichte zur Heilsgeschichte: »Leben Jesu«, »Von den sieben Gaben des Heiligen Geistes«, »Antichrist«, »Jüngstes Gericht« und »Leben Johannes des Täufers« –, die wahrscheinlich mit der 1127 in Melk oder Göttweig gestorbenen Klausnerin Ava gleichzusetzen ist. Nur wenige Jahrzehnte später, um die Mitte des 12. Jahrhunderts, noch vor der Zeit des eigentlichen, von Frankreich noch nicht beeinflußten Minnesanges, dichteten der »Kürenberger« und Dietmar von Aist (gest. 1171), die ebenfalls zu den ersten namentlich bekannten deutschen Lyrikern zählen, ihre Minnelieder. Beide waren in der Umgebung von Linz beheimatet. Gleichzeitig verfaßte der Laienbruder Heinrich von Melk die ersten deutschen Satiren (»Pfaffenleben«, »Erinnerung an den Tod«). Und der 1182-86 in Kloster Neuburg urkundlich nachgewiesene Konrad von Fussesbrunn (heute Feuersbrunn bei Krems), als Laie einer der ersten Vertreter des geistlichen Epos, schrieb »Die Kindheit Jesu«. Alle Genannten waren im babenbergischen Österreich zu Hause. Walthers Hinweis, daß er *ze Ostarrîche* singen und sagen gelernt habe, würde ganz in diese literarische Landschaft passen. Denn seine spätere Aufnahme am herzoglichen Hof zu Wien war sicher an bestimmte Voraussetzungen geknüpft. Um das Jahr 1204 wurde auch das Nibelungenlied, dessen Schlußteil sich zwischen Passau und Wieselburg vollzieht, vermutlich am Hof des Bischofs von Passau oder, wie manche auch annehmen, in Wien vollendet.

Walthers Geburtsjahr ist unbekannt. Die Vermutungen schwanken zwischen den Jahren 1168 und 1175. Ebenso unsicher ist sein Todesjahr, das zwischen 1228 und 1230 angesetzt wird. Obwohl es, was Walthers Werk und Bedeutung betrifft, im Grunde unwesentlich ist, ob er 62 oder, mit allen Zwischenstufen, nur 53 Jahre alt geworden ist, scheint die Frage viel wichtiger, wie alt oder wie jung er an den Wiener Hof gekommen ist. Denn daraus könnten wir wichtige Schlüsse ziehen.

Als Jüngling schon weilte Walther am Hof Herzog Leopolds V. (1177-94) und wurde dort Schüler des Reinmar von Hagenau (im Elsaß) – in der Manessischen Handschrift »Herr Reinmar der Alte« genannt (gestorben um 1210) –, eines der bedeutendsten Vertreter des deutschen Minnesanges, der, durch provençalischen Einfluß bedingt, eine neue Art zu dichten an den Babenberger Hof zu Wien gebracht hatte. Bald, so scheint es, übertraf der Schüler seinen Meister, und es kam zum Bruch zwischen beiden. Nach dem Tode Herzog Leopolds V. wurde Walther von dessen Nachfolger Friedrich I. (1194-1198) geehrt und gefördert. Nach Friedrichs unerwartet frühem Tod auf einem Kreuzzug folgte diesem sein Bruder als Herzog Leopold VI. (1198-1230). Mit Leopolds Regierungsantritt mußte Walther den ihm bisher gewogenen Wiener Hof verlassen und ein angesehenes und gesichertes Dasein gegen ein unstetes, mühseliges Wanderleben eintauschen. Die Ursachen für Walthers Weggang sind bis heute ungeklärt geblieben. Hatte der Tod seines Gönners eine gesetzte Hoffnung oder ein bestehendes Verhältnis zerstört, oder hatte dessen Nachfolger mit erwarteter Anerkennung geknausert? War Walther verleumdet worden (im vielleicht nicht nur literarischen Streit mit Reinmar – unter »Kollegen« soll so etwas ja gelegentlich vorkommen)? War es der dichterische Gegensatz zu seinem Meister, von dessen starren Formen sich Walther zu lösen begann, der den »Sängerkrieg« zwischen beiden verursachte und von den Germanisten als die »Reinmar-Fehde« bezeichnet wird? Wir wissen es nicht. Sicher ist jedenfalls, daß Herzog Leopold Walther ablehnend gegenüberstand, ihn des Hofes verwies und ihm, trotz wiederholter Versuche, stets die Rückkehr versagte. Der Grund dazu muß überaus triftig gewesen sein, zumal Walther in den späteren Jahren einen hohen Bekanntheitsgrad besaß und – wenn auch spät – vom Kaiser belehnt worden war.

Bedingt durch den Fortgang von Wien lernte Walther als Sänger viele Höfe und Mächtige in deutschen Landen kennen. Er hielt sich in diesen Wanderjahren auch in Passau auf, am Hofe Bischof Wolfgers von Erla, den er auch auf Reisen begleitete. Bischof Wolfger, der sich erst als Witwer dem geistlichen Stand zugewandt hatte, liebte den Umgang mit Sängern und Spielleuten. Er gilt als der Förderer des Nibelungenliedes und Gönner dessen ungenannten Dichters. Es ist nicht ausgeschlossen, daß Bischof Wolfger das Nibelungenlied wegen des christlich-höfischen »Überbaus« eines heidnisch-germanischen Stoffes unter Verwendung des neumodischen, dem Lateinischen entlehnten, Endreims förderte.

Die Entstehung des Nibelungenliedes wird allgemein zwischen den Jahren 1198 und 1204 angenommen. Die uns überlieferten Fassungen berichten ausführlich von der Hochzeit des Hunnenkönigs Etzel mit Kriemhild. Man nimmt an, daß der oder die Verfasser des Liedes die im Herbst 1203 in Wien vollzogene Fürstenhochzeit zwischen Herzog Leopold VI. von Österreich und der byzantinischen Prinzessin Theodora zum Vorbild genommen hat oder haben und sie deshalb auch dorthin verlegt hatten. Ort und Dauer beider Hochzeiten – jeweils 17 Tage in Wien – stimmen auffällig überein. Sollte diese Annahme zutreffen, könnte das Nibelungenlied erst nach der Babenberger Hochzeit fertiggestellt worden sein, frühestens im darauffolgenden Jahr 1204.

Das Nibelungenlied besteht aus etwa 2400 Gesätzen oder Strophen (die erhaltenen Fassungen weichen, was die Zahl der Gesätze betrifft, voneinander ab). Es gibt 34 Handschriften und Bruchstücke von der ersten Hälfte des 13. Jahrhunderts bis zum beginnenden 16. Jahrhundert. Es vereinigt zwei voneinander zunächst unabhängige Geschehen, nämlich die Brünhilden- und die Burgundensage. Letztere war um 1160 als Epos (Ältere Nibelungennot) von einem Österreicher geformt worden. Um 1200 wurden beide Teile zu ihrer heutigen Gestalt zusammengefügt, ihnen eine einheitliche Form gegeben und sie mit höfischem Geist erfüllt. Als Verfasser wurde früh schon der »Kürenberger« vermutet; hauptsächlich deshalb, weil er zuerst in seiner Dichtung das sogenannte Nibelungengesätz (Nibelungenstrophe) verwendete, in dem auch das Epos abgefaßt ist. Ansonsten wurde dieses Gesätz nur noch in dem um 1250 entstandenen und in Bruchstücken überlieferten Gedicht von Alpharts Tod sowie in der sogenannten »Alterselegie« von Walther von der Vogelweide benützt.

Eine besonders ausführliche Beschreibung ist der Ostlandfahrt der Burgunderkönige donauabwärts von Passau bis Wieselburg gewidmet, handelt also im Bereich des babenbergischen Herzogtums Österreich. In der Gestalt des edlen Markgrafen Rüdiger von Bechelarn (das heutige Pöchlarn war die erste Residenz der Babenberger) sollte sich wohl Herzog Leopold VI. erkennen, wie auch der Bischof Pilgrim von Passau des Nibelungenliedes im Zusammenhang mit Bischof Wolfger, dem Förderer Walthers, zu sehen ist. Der betreffende Teil des Nibelungenliedes ist wohl auch als Huldigung auf Herzog Leopold zu verstehen, von dem sich aller Wahrscheinlichkeit nach der oder die Verfasser reiche Belohnung erhofften. Denn nach dem König von Böhmen war damals der Herzog von Österreich (und der Steiermark) der reichste unter den deutschen Fürsten.

Man kann auch das großzügige Geschenk als Abschiedsgabe des Bischofs Wolfger auffassen, der im Begriffe war, seine angestammte Heimat – der kunstsinnige Bischof war mit adeligen Geschlechtern in Österreich versippt – für immer zu verlassen. Wenn, wie allgemein angenommen wird, das Nibelungenlied zu dieser Zeit mit Förderung des Bischofs Wolfger in Passau in der überlieferten Fassung vollendet worden ist, wäre es gänzlich unverständlich, wenn Walther von der Vogelweide, der damals bekannteste Spruch-Sänger des babenbergischen Donauraumes, der sich zur gleichen Zeit auch bisweilen in Passau aufgehalten hatte, nichts von der dort erfolgten Bearbeitung des Nibelungenstoffes gewußt haben sollte. Zumal es unbestritten ist, daß – schon der Ortskenntnis des Donauweges wegen – dessen Verfasser Österreicher gewesen sein mußte. Und warum sollte nicht gerade Walther, alle durch Begabung übertreffend, nicht vielleicht letzte Hand an vorhandene Bruchstücke gelegt haben, die auf den Kürenberger zurückzuführen sind? Ist also Walther der Vollender des Nibelungenliedes und die Abschieds- oder Ehrengabe Bischof Wolfgers als Beweis zu bewerten?

Weil eindeutig kein Verfasser des Nibelungenliedes festzustellen ist – jedenfalls wird in keiner der bekannten Handschriften ein Name genannt, noch gibt es in anderen zeitgenössischen Schriftquellen irgendeinen Hinweis –, stellt sich von selbst die Frage, warum dies gerade bei dem Nibelungenlied, dem bedeutendsten mittelhochdeutschen Epos, der Fall ist. Mit Sicherheit ist auszuschließen, daß der Kürenberger, der vermutete Schöpfer des Nibelungen-Gesätzes, zur Zeit von dessen Abfassung oder endgültiger Gestaltung noch gelebt hat. So kann das ihm von manchem zugeschriebene Werk erst nach seinem Tode zum Abschluß gebracht worden sein. Hat er vielleicht ein unvollendetes Werk hinterlassen, das unter dem Einfluß der neuen Ritterdichtung vollendet wurde, weil dies im Zusammenhang mit dem damals auf seinem Höhepunkt stehenden, am Wiener Hof besonders gepflegten Minnesang lohnend schien? Denn Wien war damals ein aufblühender Mittelpunkt abendländischer Kultur, an dem sich West und Ost begegneten und der Handel zwischen beiden, bedingt durch die Donau als Hauptverkehrsweg, blühte.

Zur Frage nach dem Dichter des Nibelungenliedes äußert sich Hedwig Heger:

»Etwa um dieselbe Zeit, da Wolfger den namhaftesten Lyriker der mittelhochdeutschen Blütezeit in seinen Diensten hatte und am 12. November 1203 zu Zeiselmauer beschenkte, legte in seiner Kanzlei einer der bedeutendsten Epiker letzte Hand an sein Werk: Um die Jahrhundertwende wurde das Nibelungenlied fertiggestellt, wahrscheinlich durch jenen *Meister Kuonrât*, der am Schluß der Klage genannt wird. Und wie die Gestalt des edlen Markgrafen Rüdeger von Bechlaren eine Huldigung an den damaligen Herzog Leopold VI. darstellt, so die eigens erfundene Gestalt des Bischofs Pilgrim von Passau, Oheim der burgundischen Königsgeschwister, eine Verherrlichung des damaligen Bischofs von Passau, Wolfger. Dieser Sachverständige in Belangen der großen Dichtung der Zeit und hervorragende staufische Kirchenfürst, in dessen Diözese Walther herangewachsen war, konnte als gebürtiger Österreicher nachgewiesen werden, als Herr von Erla. Er war einer der großen Mäzene mittelhochdeutscher Lyrik wie Epik, von dem jede, auch die kleinste historische Nachricht für die Literaturgeschichte von Bedeutung sein kann.«

Walter Hansen listet hingegen die Namen der 16 Dichter auf, die der mittelhochdeutsche Epiker Rudolf von Ems um 1235 in seiner Verserzählung »Wilehalm von Orlens« zu Worte kommen läßt. Er vermutet, daß »Rudolf von Ems in dieser Liste der bedeutendsten weltlichen Epiker auch den Nibelungendichter nennen mußte, den Verfasser des weitaus populärsten weltlichen Epos der Stauferzeit«. Walther von der Vogelweide ist allerdings in dieser Liste nicht enthalten. Hansen gibt Konrad von Fussesbrunnen (oder Fussesbrunn) den Vorzug, der wahrscheinliche Verfasser des Nibelungenliedes zu sein: »Im Kommentar über ihn schreibt Rudolf von Ems rätselvoll:

Hettint ir kunde gewunnen
Des von Vuozesbrunnen
so wari u bas gischehen
Danne an mir, des mus ich jehen.

Sinngemäß sagt Rudolf von Ems: Hättet Ihr die Kunde über den von Fussesbrunnen erfahren, dann wäre Euch besser geschehen als mir, das kann ich Euch sagen (der hätte für Euch besser gedichtet als ich).

Was war das für eine ›Kunde über den von Fussesbrunnen?‹

Läßt diese Strophe sich als verschlüsselter Hinweis verstehen, daß Konrad von Fussesbrunnen der geheimnisvolle Dichter war, der das Nibelungenlied geschrieben hat? Die Menschen der Stauferzeit wußten, was gemeint war.

Wir können nur rätseln.«

Tatsächlich können wir nur rätseln, warum der zwischen 1220 und 1254 dichterisch schaffende angesehene Epiker Rudolf von Ems, also ein späterer Zeitgenosse Walthers von der Vogelweide, diesen mit keinem Wort erwähnt. Rudolf von Ems' Werke sind bestimmt von großer Gelehrsamkeit, religiösem Ernst und dem Festhalten an den Idealen höfischen Rittertums gewidmet und stehen damit im Gegensatz zu denen Walthers, der seine Stimme stets dem lieh, der ihn dafür bezahlte oder von dem er Belohnung erhoffte. Es ist unmöglich, daß Rudolf von Ems vom Wirken Walthers nichts gewußt haben könnte, und es ist auch nicht abwegig, anzunehmen, daß er Walther sogar begegnet ist und ihn vom Wesen her, seiner übertriebenen Ichsucht oder seines niederen Standes wegen verachtete und verabscheute, wie etwa Herzog Leopold VI. auch. Vom letzteren kennen wir die Ursachen seiner Ablehnung Walthers ebenfalls nicht. Jedenfalls muß es Gründe gegeben haben, die Rudolf von Ems bewogen haben, Walthers Namen der Nachwelt zu verschweigen.

Neben dem von Walter Hansen bevorzugt als den Dichter des Nibelungenliedes genannten Konrad von Fussesbrunnen gibt es noch zwei weitere Dichter oder Schreiber gleichen Namens, die auch schon in die engere Wahl der mutmaßlichen Verfasser einbezogen worden waren; nämlich Konrad von Rußbach (der Rußbach ist ein Nebenfluß der Donau im niederösterreichischen Weinviertel), der zur Zeit Bischof Wolfgers Kaplan in Passau und später Kanzleischreiber am Wiener Hof war und der in der »Klage«, eine an das Nibelungenlied sich anschließende Dichtung von geringem künstlerischem Wert, sich als »Schreiber Meister Konrad« vorstellende Verfasser.

Dazu kommt, wie Hedwig Heger schreibt, daß »der Passauer Hof Walther beste Gesellschaft bieten konnte. Denn sein Bischof hatte nicht nur eine stets offene Hand für gabenheischende Spielleute, er hatte auch das Geschick, die Spreu vom Weizen zu sondern. An Wolfgers Hof, besonders in seiner Kanzlei, hatten Kunst und Literatur eine Pflegestätte gefunden. Es war die Blütezeit mittelhochdeutscher Dichtung, und ein bedeutender Epiker legte eben letzte Hand an sein Werk: Um die Jahrhundertwende wurde das Nibelungenlied fertiggestellt. Man weiß, wie vertraut dem Dichter die Donaulandschaft zwischen Passau und Wien war, wie ortskundig er von Passau schreibt; man weiß um die verhüllte Dedikation an den höchsten weltlichen und den höchsten geistlichen Fürsten seines Heimatlandes. Wenn er in der Gestalt des edlen Markgrafen Rüdeger von Bechlarn dem damaligen Herzog Leopold VI. huldigt, so in der eigens erfundenen Gestalt des Bischofs Pilgrim von Passau, Oheim der burgundischen Königsgeschwister, dem damaligen Bischof von Passau, unserem Wolfger. Zumindest eine Zeit lang lebte er an dessen Hof. Dietrich Kralik machte es wahrscheinlich, daß der Dichter jener Schreiber *Meister Kuonrât* war, der am Schluß der ›Klage‹ genannt wird, urkundlich nachweisbarer Kapellan am Herzogshof zu Wien und bischöflicher Schreiber und Notar zu Passau. Vielleicht war er bei den mehrmaligen Donaureisen Wolfgers unter der engeren

Begleitung; die im Nibelungenlied genannten Orte dieser Strecke waren fast ausschließlich im Besitz des Passauer Bistums. Vielleicht war er sogar am 12. November 1203 mit in Zeiselmauer.

Bei einem anderen Dichter, dem Lyriker Albrecht von Johansdorf, läßt sich mit Sicherheit nachweisen, daß der Passauer Bischof sein Dienstherr war. Zwischen 1185 und 1209 ist er als Ministeriale urkundlich bezeugt, im Jahre 1197 zog er mit Wolfger ins Heilige Land ... Johansdorf singt in höfischer Zeit von gegenseitiger Minne! Er steht in der Tradition der donauländischen Lyrik, verrät aber Vertrautheit mit den Liedern des jüngeren Walther. Wo konnte ihm die Kenntnis, wahrscheinlich sogar die persönliche Bekanntschaft, besser vermittelt werden als am Passauer Hof?«

Auch Werner Goez tippt auf den Schreiber Konrad: »Das Nibelungenlied entstand um 1200 in der Diözese Passau; daran besteht kein Zweifel. Die erst von dem Anonymus ersonnene und in den Erzählungsgang eingefügte Gestalt des ›guten Bischofs Pilgrim‹ bedeutet eine kaum versteckte Huldigung an Wolfger. Der populärste Oberhirte der Passauer Bistums-Tradition wird zur Maske des gegenwärtigen Bischofs. An vier Stellen kommt der Dichter auf Pilgrim = Wolfger zu sprechen! Er rühmt seine Gastfreundschaft, die Großzügigkeit gegenüber den Sängern und das Unterscheidungsvermögen: *kunder* – Spukgestalten und höllische Ungetüme – nimmt man an seinem Hof nicht auf. (Verbirgt sich dahinter die Genugtuung des Autors, daß ein Konkurrent abgewiesen wurde?) Es sei dahingestellt, ob unter dem unbekannten Dichter wirklich der bischöflich-passauische Notar und Schreiber Konrad zu verstehen ist. Doch über den Auftraggeber heißt es in der ›Klage‹ – jenem um einige Jahre jüngeren Nachgesang zum Heldenepos, der die psychische Versteinerung des tragischen Ausgangs in die Tränen-Ströme höfischer Trauer-Solidarität aufzulösen sucht: ›Bischof Pilgrim von Passau befahl, diese Geschichte niederzuschreiben.‹ Wenn hier eine echte Tradition vorliegt und die Gleichsetzung des einstigen und des jetzigen Bischofs auch an dieser Stelle gilt – und nichts spricht dagegen –, wäre Wolfger von Erla der Veranlasser der grandiosen Dichtung.«

Der Hinweis auf den Schreiber Meister Konrad in der »Klage« berechtigt gewiß zu der Annahme, daß dieser – vielleicht mit Helfern – auch das Nibelungenlied aufgeschrieben hat, ja auch an dessen Abfassung beteiligt gewesen war. Aber der literarische Unterschied zwischen dem Nibelungenlied und der »Klage« ist so groß, daß man wirklich nicht von dem gleichen Verfasser sprechen kann. Es scheint durchaus einleuchtend, daß der an Begabung alle anderen Mitdichter übertreffende Walther letzte Hand am Nibelungenlied angelegt hat. Als Walther später in Passau nicht mehr verfügbar war, hatte der sozusagen »eingearbeitete« Schreiber Konrad die Aufgabe, beziehungsweise den Auftrag übernommen, die sicher allerseits erwünschte und erwartete Fortsetzung zum Nibelungenlied zu schreiben oder auch zu dichten.

Wer aber war dieser Meister Konrad? In der Zeit von 1196 bis 1209 war ein Kanoniker Konrad als Verwalter, Lehrer und Schreiber des Stifts in Passau tätig. Wenige Jahre später, von 1216 bis 1224, war ein Kaplan Konrad in Passau als bischöflicher Schreiber und anschließend in der Kanzlei der Babenberger

Herzöge in Wien tätig. Es ist sehr wahrscheinlich, daß der als Schreiber in Passau und später in Wien beschäftigte Konrad ein und derselbe war. Denn mehrere Schreiber gleichen Namens, deren bekannte Lebenszeiten zusammengefaßt von 1196 bis 1224 reichen, sind eher unwahrscheinlich, zumal zwischen den Wirkungsstätten beider – Passau und Wien – enge kirchliche und politische Beziehungen bestanden. Es ist durchaus vorstellbar, daß Meister Konrad, zunächst am Hofe Wolfgers tätig und mit der Niederschrift des Nibelungenliedes befaßt, nach dessen Abgang im Jahre 1204 keine ähnliche Aufgabe mehr zu erfüllen hatte. Hingegen wuchs die höfische Nachfrage nach einer Fortsetzung des beliebten Stoffes - nicht anders als bei unseren heutigen endlosen Fernsehfolgen -, und am Wiener Hof erinnerte man sich an Meister Konrad in Passau, den man wohl am ehesten damit betrauen konnte, eine Fortsetzung zu verfassen.

Unbestreitbar steht fest, daß der Dichter des Nibelungenliedes an der Hochzeit von Herzog Leopold VI. und Prinzessin Theodora in Wien anwesend war und sie im Lied geschildert hat. Die Teilnahme Walthers ist durch die in Zeiselmauer ausgestellte Urkunde erwiesen – es liegt also nahe, an ihn, den dichterisch bedeutendsten aller Teilnehmer, als Verfasser oder Mitverfasser zu denken. Schließlich war die Schenkung des Pelzrockes (oder des Gegenwertes) eine Auszeichnung besonderer Art, die sich Walther verdient haben mußte.

Vielleicht liegt die Ursache, daß nie ein Verfasser des Nibelungenliedes genannt wird, darin, daß es eben nicht nur einen Verfasser hat, sondern der Stoff, der bestimmt im Laufe vieler Jahre erweitert und bearbeitet wurde, nicht nur einen einzigen Verfasser haben konnte. Es könnte demnach ein von Bischof Wolfger von Passau aus verschiedenen Gründen gefördertes Vorhaben gewesen sein, an dessen Abschluß Walther entscheidenden Anteil hatte. Deshalb war es wohl zu keiner Zeit möglich gewesen, den Verfasser zu nennen, weil die Entstehung als Gemeinschaftswerk vieler allgemein bekannt war.

In seinem Buch »Die Spur des Sängers« führt Walter Hansen aus: »Ende Oktober 1203 – zur Zeit, als das Nibelungenlied entstand – heiratete Herzog Leopold VI., der Glorreiche, in Wien die byzantinische Prinzessin Theodora, die Tochter von Kaiser Isaak II. Angelos. Bischof Wolfger von Passau traute das fürstliche Paar. Tausende von Gästen waren gekommen, unter anderem der Minnesänger Walther von der Vogelweide und wohl auch der Nibelungendichter. Seine Schilderung der Hunnenhochzeit klingt wie ein Augenzeugenbericht der Babenberger Hochzeit, wie eine Huldigung an Herzog Leopold, dessen Eitelkeit und Großzügigkeit gerade damals, als er sich mit Theodora vermählte, legendäre Ausmaße hatten: ›Wunder an Freigebigkeit‹ wurden in Wien geübt, heißt es im Nibelungenlied über Etzels Hochzeit, nie verschenkte ein Paar so viele kostbare und weite Mäntel, nie so viele Gewänder. Alle Gäste trugen nachher neue Kleider. Truhen mit Silber und Gold wurden geleert und alles verschenkt. Zwei Spielleute, Wärbel und Swemmel, erhielten je ›1000 Mark und noch mehr‹. Die Gefolgsleute des Brautpaares waren in so großen Scharen angereist, daß sie in Wien gar nicht alle einquartiert werden konnten und vor den Stadtmauern auf Feldern lagern mußten. 17 Tage dauerte das Fest des Hunnenfürsten –

und 17 Tage lang hatte auch die Hochzeit des Babenberger Herzogs gedauert.

Wien als sagenhafte Hochzeitsstadt eines Hunnenkönigs und einer Königin vom Rhein mit einem Gefolge von rund 10 000 Christen und Heiden aus aller Herren Länder: Das war wohl nach dem Geschmack des Glorreichen, zumal die Darstellung als verschlüsselte Reportage seiner eigenen Hochzeit verstanden werden konnte. Fast ist man geneigt, an eine Auftragsproduktion zu denken, zumindest an einen Gefälligkeitsdienst des Dichters mit dem Ziel, fürstliche Dankbarkeit herauszufordern.

Sicherlich war der Nibelungendichter ein gern gesehener Gast am Babenberger Hof, den schon Walther von der Vogelweide einige Jahre zuvor als *wünneclicher hof zu wiene* besungen hatte.«

Kurt Halbach schreibt dazu: »Eine weitere Sternstunde der frühen Hochklassik können wir rekonstruieren z. B. anläßlich der zu postulierenden Begegnung Walthers und des Nibelungenlied-Dichters bei ihrem gemeinsamen Gönner, dem Bischof Wolfger von Passau, anläßlich von Walthers Einkehr in Zeiselmauer (und vorher vermutlich in Wien) zur Zeit der Hochzeit Herzog Leopolds VI. von Österreich, November 1203. Deshalb also klingen damals Walther und Nibelungenlied-Dichter in der Schilderung dieses Festes so faszinierend zusammen!« Und weiter später: »Von da aus kann auch die Rückkehr Walthers am Ende (seines Lebens, der Verf.) zur Nibelungenlied-Langzeile in ein neues Licht treten. Und die vermutliche Begegnung Walthers mit Albrecht von Johansdorf am Passauer Hof wird man mit einrechnen müssen.« Halbach hat insofern recht, wenn er vom Bischof Wolfger als einem »gemeinsamen Gönner« im Zusammenhang mit dem Dichter des Nibelungenliedes spricht und auf Albrecht von Johansdorf hinweist.

Zu einem anderen Ergebnis kommt Walter Falk in seiner Untersuchung über Volker von Alzey im Nibelungenlied. Er schreibt: »Wichtig wurde Volker jedoch in den Anfängen unseres Jahrhunderts für Andreas Heusler bei seinem Versuch zu zeigen, daß der zweite Teil unseres ›Nibelungenlieds‹ in den sechziger Jahren des 12. Jahrhunderts vorgeformt worden sei durch einen österreichischen Spielmann, der ein Lied über den Burgundenuntergang umgestaltet habe in eine epische Dichtung, die von Heusler so genannte ›ältere not‹: ›unser Österreicher hat in ihm den eigenen Stand verherrlicht‹. An der Gestalt Volkers meinte Heusler besonders klar die Tendenz demonstrieren zu können, von der sich dann um 1200 der Verfasser des uns überlieferten Textes bei seiner Umgestaltung leiten ließ: Er behielt die Bezeichnung Spielmann für Volker bei, machte aus ihm aber einen ›ritterlichen Lehensmann, der dreißig eigenen Mannen zu der Hofreise stellt und mit den Fürsten turniert‹. Darüber hinaus ließ er ihn in Bechelaren vor der Markgräfin süße Töne fiedeln und ihr seine Lieder singen: ›Da ist er also der singende Lyriker, der Minnesänger: was zu einem Fahrenden in den Tagen des älteren Dichters noch nicht gepaßt hätte‹.

In dem Maße, in dem die Forschung dem Umstand Rechnung zu tragen begann, daß das ›Nibelungenlied‹ primär nicht eine Art Museum des germanischen Altertums, sondern eine höfische Dichtung ist, erschien es bemerkenswert, daß Volker, wie Josef Körner schon 1921 formulierte, ›unter allen

Personen der Dichtung (...) die meisten höfischen Züge‹ trägt: ›Er ist der modische Dichter comme il faut: gleich gewandt mit Schwert und Leier, ein witziger Unterhalter der Damen, aber auch voll aufreizender Spottreden gegen den Feind‹. Otto Höfler schrieb 1955: ›Ein gedrückter Banause ist er ganz gewiß nicht gewesen. Und wenn er bei der Ausgestaltung der Figur des *spilman* Volker von Alzey in der Tat irgendwie seinen eigenen ›Stand‹ im Auge gehabt und ihn im dichterischen Bild verherrlicht haben sollte (was mir sehr wahrscheinlich ist) – dann eben nicht in dem Sinn, den ein Teil der modernen Forschung dem Terminus ›Spielmann‹ gegeben hat, sondern in dem Geist, in dem er selber diesen kampffrohen Künstlermenschen sah: ein Mann, der neben dem stolzesten würdig und ehrenvoll seine Stelle behaupten kann›. Friedrich Ranke meinte 1956: ›In der Gestalt Volkers (...) mag der Dichter ein Idealbild seines eigenen Wesens und Wirkens gestaltet haben‹. Ähnlich äußerte sich schon 1955 Walter Johannes Schröder: ›Es ist vermutet worden, daß der Dichter des Nibelungenlieds in der Gestalt Volkers, des ritterlichen Spilmans, sich selbst in sein Werk eingefügt habe‹.

Zu diesem Dichter des ›Nibelungenlieds‹ hat sich die Forschung freilich sehr merkwürdig verhalten. Lange bestritt sie unter der Einwirkung von Lachmanns Liedertheorie, daß er als ein eigentlicher Dichter überhaupt je existiert habe. An seine Stelle setzte man einen bloßen Redaktor. Eigentlich entdeckt hat ihn für die Wissenschaft erst Andreas Heusler, der (...) aber, um klar erkennen zu können, was in den früheren Gestaltungen noch nicht enthalten sein konnte, die Zutaten der Zeit um 1200 in sich abzugrenzen suchte. Dabei wurde ihm klar: dieser Mann, der die höfischen Zutaten verfaßte, war ein ›großer Dichter‹.«

Des weiteren weist W. Falk nach, daß der Dichter des Nibelungenliedes bemüht ist, den Hörern des Liedes einen Zusammenhang mit dem Walthariuslied zu vermitteln, dessen Held bekanntlich Walther von Aquitanien ist, der im Nibelungenlied allerdings Walther von Spanien genannt wird. »Offenbar soll er den Sänger, den er vor sich sieht, mit dem Namen Walther zusammendenken ... Kein Zweifel: in der Gestalt des Sängers Volker wies der Dichter auf einen Mann hin, der Walther hieß ... Eines aber ist sicher: sowohl im Kreis um Bischof Wolfger als auch am Hof von Wien kannte man einen Sänger namens Walther. Wer damals auf die hier beschriebene Motivkette aufmerksam und der Überblendung des Sängers Volker mit dem Namen Walther innewurde, konnte auf die Frage, wer Volker sei, nur eine Antwort geben: Walther von der Vogelweide.«

Daß es dem Nibelungen-Dichter um mehr ging als um die Neufassung eines älteren, im Ursprung vorchristlichen Stoffes, zeigen drei im zweiten Teil des Epos Auftretende, in denen unschwer Zeitgenossen aus dem bayrisch-österreichischen Donauraum zu erkennen sind: Pilgerin von Passau (Bischof Wolfger von Passau), Rüdeger von Bechlaren (Herzog Leopold VI.), Volker von Alzey (Walther von der Vogelweide). Obwohl dem Bischof Pilgerin im Epos nur eine Nebenrolle zugedacht ist, ist diese doch als Huldigung Bischofs Wolfger anzusehen, dem Förderer des Nibelungenliedes. In Rüdeger von Bechlaren erkennen wir unschwer Herzog Leopold VI., an dessen Hof zurückzukehren wohl der sehnlichste, jedoch unerfüllte Wunsch Walthers gewesen ist. Hinter der Gestalt Volkers von Alzey aber verbirgt sich Walther selbst. Hier im Lied, an dessen Vollendung – was nicht zu bestreiten ist – Walther maßgeblich beteiligt war, konnte er in der Gestalt Volkers die Rolle spielen, die ihm im Leben versagt bleiben mußte. Unwillkürlich wird man an Old Shatterhand in den Erzählungen Karl Mays erinnert.

War Walther Waldviertler?

Seit der Wiederentdeckung und dem Bekanntwerden der Lieder und Sprüche Walthers in der zweiten Hälfte des 18. Jahrhunderts wurde bis heute immer wieder versucht, seine Herkunft festzustellen. Es ist bestimmt bemerkenswert, daß Walther, vom häufigen Gebrauch des damals üblichen Sänger-Ichs abgesehen, sich oft anmaßend auftretend in den Vordergrund drängend niemals seine Herkunft erwähnt. Gewiß nicht ohne Grund. Überall im süddeutschen Raum wurden Plätze oder Gemarkungen gesucht (und auch gefunden), die mit der Bezeichnung »Vogelweide« in Beziehung gebracht werden konnten. Oder es wurden mehr oder weniger schrullige Zusammenhänge ge- und erfunden und mit Walther in Zusammenhang gebracht. So sollte er Schweizer, Südtiroler, Franke, Böhme, Frankfurter oder Wiener gewesen sein, die meiste Zustimmung fand die Herkunft aus der babenbergischen Ostmark, die Österreich genannt wurde. Fest allerdings steht, daß Walther selbst bezeugt, in Österreich Singen und Sagen gelernt zu haben, und er sich zeitlebens – von den letzten Jahren abgesehen, in denen er ein Lehen bei Würzburg eigen nennen konnte – eine Rückkehr an den Hof der Babenberger in Wien gewünscht hatte.

Der Karlsruher Universitäts-Professor Dr. Bernd Thum veröffentlichte 1981 im Katalog zur Niederösterreichischen Landesausstellung in Zwettl »Die Kuenringer, das Werden des Landes Niederösterreich« einen Beitrag über Walther von der Vogelweide, in dem er glaubwürdig dessen Herkunft nachweist, obwohl meines Erachtens die genaue Ortsbestimmung nicht unbedingt zutreffen muß. Er schreibt: »Walther von der Vogelweide verließ um

1198 Österreich und führte das Leben eines Wanderpublizisten in einem Gebiet, das er selbst – entsprechend der Raumgliederung seiner Zeit – mit den Flüssen Seine, Mur, Trave und Po begrenzt. Er diente den Stauferherrschern in Schwaben und am Oberrhein wie dem Markgrafen von Meißen, dem Kärntner Herzog und dem Patriarchen von Aquileja wie dem erzbischöflichen Reichsverweser Engelbert von Köln. Noch im 13. Jahrhundert reisten Europäer nach China; und Roger Bacon meinte damals, Indien könne auf dem westlichen (!) Seeweg in wenigen Tagen erreicht werden ... Es sieht so aus, als sei Walther gegen Ende seines Lebens, 1227/28, in seine – wie zu zeigen sein wird: österreichische – Heimat zurückgekehrt. Als Zeugnis dafür betrachte ich den von der Forschung immer wieder als ›Alterselegie‹ mißverstandenen Aufruf, der für den geplanten Kreuzzug des 1227 gebannten Kaisers Friedrich II. warb ... Walther hat sein Kreuz-Lied in einem Versmaß, einer Langzeile, abgefaßt, die für die Publizistik der Zeit ganz ungewöhnlich war. Sie war aber dem Metrum des Nibelungenliedes sehr nahe, und auch den Versen einer spezifisch ›donauländischen‹ Liebeslyrik, wie man sie zum Beispiel beim ›Kürenberger‹ oder dem ›Burggrafen von Regensburg‹ findet.

Sieht man sich um, was uns im Zeitalter Walthers an Literatur aus Österreich überliefert ist, so fällt sogleich die hervorragende Stellung auf, die offenbar die volkstümliche Heldenepik eingenommen hat, die heroische Geschichtsdichtung von – wie es im Nibelungenlied heißt – *alten zîten und helden lobebaeren,* also von den Helden der alten Zeiten, die als Vorbild gelten konnten. Das Nibelungenlied entstand als Buchepos in den letzten Jahrzehnten des

12. Jahrhunderts, mit größter Wahrscheinlichkeit am Hofe der Passauer Bischöfe. Österreich gehörte zu ihrer Diözese. Die Aufnahme des Epos, ja eine Identifizierung mit ihm, war dort um so gewisser, als sich gerade in diesem Lande, in dem Gebiet um Erlauf und Donau, das heute bezeichnenderweise Nibelungengau genannt wird, ein Überlieferungszentrum der Geschichte von den Nibelungen befunden zu haben scheint.

Dies jedenfalls deutet um 1160 der sogenannte Metellus von Tegernsee in seinen ›Quirinalien‹ an. Es wird in der Forschung immer deutlicher, daß eine weitverzweigte, mächtige Hochadelssippe die mündliche wie schriftliche Überlieferung der Taten Gunthers, Hagens, Rüdigers, Dietrichs von Bern und Pilgrims von Passau als Hausüberlieferung gepflegt hat. Es war dies die Sippe der Sieghardinger oder Ebersberger. Ihre Zweige hatten Herrschaften im östlichen Bayern und in Österreich. Dieser Hochadelssippe war es darum zu tun, ihr aristokratisches Prestige, ihr Selbstverständnis, dadurch zu stärken, daß sie ihre Herkunft auf die sagenhaften nibelungischen Helden zurückführte. Die ›Ansippung‹ ging soweit, daß Mitglieder der Sippe oder der von ihr abhängigen Familien Namen wie Rüdiger, Siegfried, Pilgrim führten.« Bedeutsam ist, daß Walther diese Langzeile nur ein einziges Mal – soweit bekannt – verwendete. Nämlich anläßlich seines Besuches in seiner Heimat am Ende seines Lebens.

Zusammenfassend kommt Bernd Thum zu folgenden vier Thesen:

»1. Walther wählte für seinen Kreuzzugsaufruf, in dem er so eindringlich von der Rückkehr in das angestammte ›Land‹ und zu dessen ›Leuten‹ berichtet, eine Langzeile, die der des Nibelungenliedes nahesteht. ›Land und Leute‹, wie auch die engere Geburtsheimat oder Kindheitslandschaft, sind im bayerisch-österreichischen Donauraum zu suchen, in jenem Bereich, wo heroische Geschichtsdichtung, die Nibelungensage, als Hausüberlieferung eines Kreises eng miteinander verbundener Adelsfamilien gepflegt wurde; wo eine Identifizierung mit der Sage, ›Ansippung‹, bis in die Namenwahl hinein erfolgte. Es ist dies die Sippe der Sieghardinger-Ebersberger, die im östlichen Bayern, in Oberösterreich, im Melker Raum, aber gerade auch im Waldviertel eine bedeutende Machtstellung hatte. In ihrem Kreis wurde die ›donauländische Langzeile‹ auch für die Lyrik verwendet, beim ›Burggrafen von Regensburg‹ und beim ›Kürenberger‹, Kirnberger.

2. Weil Walther als junger Mann seine Ausbildung in Wien am Hof Herzog Friedrichs I. erhielt und dem Babenberger-Hof lebenslang verbunden blieb, wird seine Heimat auch zum Machtbereich der Babenberger-Herzöge, also zum ›werdenden Land‹ Österreich gehört haben.

3. In Walthers engerer Heimat muß zwischen etwa 1180/90 in größerem Umfang gerodet worden sein, nicht früher und auch nicht später. Nur so kann der ›gerodete Wald‹ zu dem im Kreuzzugsaufruf geschilderten Entfremdungserlebnis geführt haben.

4. Die Kindheitslandschaft Walthers muß abseits der großen Straßen gelegen sein. Schon der Landesgeschichtler Josef Lampel hat um die Jahrhundertwende darauf hingewiesen. Anders wäre der im Aufruf geschilderte Schock, den der Dichter beim Anblick der einstigen Spielkameraden erfährt, unglaubwürdig.«

Was nun den letzten Satz der Thesen betrifft, muß die Antwort auf die Frage, ob Walther tatsächlich durch den Anblick der einstigen Spielkameraden erschüttert oder dieser ihm lediglich als Anstoß zu einem wirksamen dichterischen Ausdruck gedient hat, offenbleiben. Ob ein in Anschau bei Traunstein im Bezirk Zwettl von Bernd Thum entdeckter, einschichtig gelegener früherer Vogelweidhof tatsächlich Walthers Geburtsstätte gewesen ist, ist meines Erachtens weder auszuschließen noch zu beweisen.

Sicherlich aber hat Bernd Thum recht, wenn er das Waldviertel als die Heimat Walthers annimmt. So schreibt er: »Walther ist als junger Mann in Wien zum Dichter und Musiker ausgebildet worden, nicht in Salzburg, nicht in Regensburg, nicht in Passau. Er hat sich dem Wiener Hof zeitlebens verbunden gezeigt. Also wird man das Land und die Leute, die er im Kreuzzugsaufruf erwähnt, weniger in Ostbayern suchen, als im Einflußbereich der Babenberger-Herzöge, im werdenden Land Österreich.« Des weiteren folgert er, »daß Walther in einem Gebiet aufgewachsen sein muß, das zur Zeit seiner Kindheit, also zwischen 1170 und 1190 von weiten Wäldern geprägt war; Wäldern, in denen noch gerodet werden konnte, die auch nicht zu herrschaftlichen Forsten umgewandelt waren. Galt dies für das ganze Land Österreich? Kaum, dort war der Landesausbau auf Kosten der Wälder zu dieser Zeit schon fast abgeschlossen. Selbst Almen hatte man in Dauersiedlungen umgewandelt; und in den riesigen Gebieten des ›Nordwaldes‹ war 1179 immerhin eine genaue Grenzziehung notwendig geworden, um die Siedler und Herren aus Österreich und aus Böhmen auseinanderzuhalten. Dennoch waren im Waldviertel auch in der zweiten Hälfte des Jahrhunderts, ja bis um 1200, noch einzelne größere Rodungen, sogar Herrschaftsgründungen möglich. Walthers Hörer nur etwa dreißig Jahre später wußten also, was ihnen entgangen war.

Die publizistische ›Strategie‹ des Kreuzzugsaufrufs besteht darin, daß der Autor eine Bewußtseinslage, die er bei seinen Adressaten erzielen will, zuerst an sich selbst, seiner eigenen Person, seinem eigenen Lebensschicksal darstellt. Walther beschreibt also nicht nur eine Allerweltsheimkehr in sein angestammtes ›Land‹ und zu dessen ›Landleuten‹, die man – wie gezeigt – im Donauraum zu suchen und wohl mit Österreich zu identifizieren hat. In der Hoffnung, daß sich die Prägnanz seiner persönlichen Erfahrung auf das ganze ›Land‹ und seine ›Leute‹ übertragen läßt, schildert der Dichter vielmehr auch eine ganz persönliche Heimkehr, in die engere Landschaft seiner Kindheit, wo er mit anderen Kindern gespielt hat. Über ›Land‹ und ›Leute‹ sagt er nur, sie seien ihm fremd und unwirklich geworden – eine allgemeine Entfremdungserfahrung, die auch die im Lande selbst ansässigen, in Not geratenen ›Ritter‹ und ›Jungen‹ haben machen können. Auf konkrete Veränderungen geht Walther erst ein, nachdem er den Blick der Hörer auf sein einstiges persönliches Lebensumfeld gelenkt hat. Da gab es den großen Wald. Und er war erst dann wirklich ausgerodet worden, als er weggegangen war. Walther hat am Wiener Hof Herzog Friedrichs I. seine literarisch-musikalische Ausbildung erhalten. Aber seine Kindheit kann er dort nicht verbracht haben. Wien lag nicht in einem Rodungsgebiet. Wenn der Dichter wegen der Spannungen zum neuen Herzog

Leopold VI. 1198 den Babenberger-Hof verließ, wird er am Beginn der neunziger Jahre dort Aufnahme gefunden haben. Damals lag sein Zuhause also noch im Wald oder in einem Gebiet, wo der Ausbau gerade in Gang kam.

Erst in den zwanziger Jahren des neuen Jahrhunderts hat Walther seine engere Heimat wieder besucht. Denn sonst wäre der Schock der Entfremdung unglaubwürdig, der ihn von Heimat und alten Freunden trennt, und den er in seinem Aufruf so markant schildert. Wo also wurde im bayerisch-österreichischen Donauraum zwischen 1180/90 und etwa 1200 noch in größerem Umfange gerodet? Und zwar in einem Gebiet, das nicht von den großen Straßen durchzogen war, die Walther als Wanderpublizist häufig benutzt haben könnte. In Frage kommen das nördlichste Mühlviertel, das Pielachtal, wesentlich aber das Waldviertel, besonders das Restrodungsgebiet am Kleinen Kamp.«

Wenn es im Lied heißt, *bereitet ist das velt, verhouwen ist der walt*, so bezieht sich diese Stelle darauf, daß sich Walthers Heimat seit seinem Fortgang im Aussehen entscheidend verändert hatte. Von der fortgeschrittenen Landnahme abgesehen, hat sicher auch die bereits erwähnte, um die Jahrhundertwende eingetretene Klimaverschlechterung mit den dadurch bedingten Ernterückgängen zu einer allgemeinen Verelendung beigetragen, die Walther am Ende seines Lebens so erschütterte.

Es gibt aber noch einen, bisher jedoch von allen Forschern und Kritikern als unsinnig abgetanen Hinweis, der tatsächlich die Vermutung von Bernd Thum über die Herkunft Walthers unterstützt. In dem im Jahre 1571 erschienenen »Gründlichen Bericht des Deutschen Meistergesanges« nennt Adam Puschmann ihn einen »Landherrn aus Böhmen«. Gewiß, Walther war weder Landherr, noch kam er aus Böhmen. Doch betrachten wir uns die Sache etwas näher.

Im Verlauf der kriegerischen Auseinandersetzungen mit den Ungarn errichtete der deutsche König Heinrich III. 1043 außerhalb der babenbergischen Ostmark die »Neumark«, auch »Ungarische Mark« genannt, die von östlich der Leiser Berge bis zur March und im Süden bis zur Fischa und Leitha reichte. 1055 wird erstmals eine, wahrscheinlich schon 1039 errichtete, »Böhmische Mark« erwähnt, die das Gebiet zwischen Buchberg am Kamp und der Thaya umfaßte. Wenige Jahre später, 1063, vereinigte der Babenberger Markgraf Ernst die beiden Marken mit seiner Ostmark, wodurch dieser Raum (Niederösterreich) seine endgültigen Grenzen erhielt.

Fast hundert Jahre später wurde Walther vermutlich im Raum der ehemaligen »Böhmischen Mark«, also im heutigen Waldviertel, geboren. Es ist durchaus vorstellbar, daß der Hinweis auf eine Böhmische Mark bezüglich der Herkunft Walthers zur Zeit Puschmanns – also ein halbes Jahrtausend nach deren Eingliederung in die babenbergische Ostmark – diesem unverständlich schien und er (oder schon Vorgänger) diese Bezeichnung auf das ihm bekannte Böhmen bezog. Aus einem Landherrn der Böhmischen Mark war Walther ein Landherr aus Böhmen geworden. Dieser fälschliche Hinweis hat dazu beigetragen, daß man ihm (nach Bozen 1889) auch in Dux in Nordwest-Böhmen 1911 ein Denkmal (wieder aufgestellt 1991) errichtete.

Auch die Bezeichnung Landherr kann nur beiläufig gemeint sein und entbehrt jeder gesicherten Grundlage. Zur Zeit der Meistersinger war es üblich, alle Minnesänger als Herren zu bezeichnen. Es könnte jedoch ursprünglich gemeint gewesen sein, daß Walther eben ein Landsmann aus der früheren Böhmischen Mark war, die ein Teil des heutigen Waldviertels ist. Die Annahme, daß Walther aus dem heutigen Waldviertel stammte, muß nach dem Gesagten allen anderen Mutmaßungen vorzuziehen sein und die Frage »War Walther Waldviertler?« mit »Walther war Waldviertler« beantwortet werden.

War Walther homosexuell?

Worauf eigentlich bezieht sich Walthers Beiname »von der Vogelweide«? Ist es eine Ortsbezeichnung? Bisher hat man in Deutschland keinen Ort dieses Namens gefunden. Ist es ein Flurname? Solche gibt es mehrere im süddeutschen Raum, und rührige Heimatforscher sind bemüht, noch weitere aufzuspüren. Einen eindeutigen Nachweis der Herkunft Walthers zu finden ist aber bisher noch nicht gelungen. Was aber ist eigentlich eine Vogelweide? Ist es ein Ort, an dem man Vögel fängt, ein Leimrutengehege zum Beispiel, oder einer, an dem sich Zugvögel niederlassen, um zu ruhen? Oder bezieht sich das Wort auf Regalien, auf seit der fränkischen Zeit dem König vorbehaltene nutzbare Hoheitsrechte, darunter auch Forst-, Jagd- und Fischereirechte? Oder war es ein Künstlername, so wie sich der Minnesänger Heinrich von Meißen »Frauenlob« nannte, ein umschreibender Beiname, der nicht mit einer bestimmten Örtlichkeit zu tun hat?

Eigentlich kann man sich unter einer Vogelweide nichts Bestimmtes vorstellen. Vögel wurden nie geweidet, und fangen konnte man sie überall, wobei es sicher bevorzugte Fangpplätze gab. Solche Plätze konnten sehr wohl Treffpunkt von Vogelfängern als auch anderen munteren Leuten gewesen sein.

Vor Walther gab es schon einen großen Deutschen – man könnte ihn nicht zu Unrecht überhaupt als den ersten Deutschen bezeichnen –, dessen Beiname mit Vögeln in Verbindung gebracht wurde: König Heinrich I. (919-936). In seinem Buch »Heinrich der Erste« schreibt Hellmut Diwald: »Heinrich von Sachsen, dem ersten König und Gründer des Deutschen Reiches, wurde von der Legendenbildung nicht übermäßig viel und vor allem kaum etwas Unerträgliches zugemutet. Tatsächlich war der Sachsenherzog ein leidenschaftlicher Jäger vor dem Herrn. Daß er nun bei einer Hütte, wo er mit lustigen Knaben den Vögeln Schlingen legte, von den Boten angetroffen worden sein soll, die ihm die Nachricht überbrachten, die Franken und Sachsen hätten ihn zum König gewählt, geht aus einer Notiz in den Annalen von Pöhlde zurück, die um das Jahr 1180 niedergeschrieben wurden. Als ›auceps‹, der Vogler oder Vogelfänger, wird Heinrich allerdings schon vom sächsischen Annalisten bezeichnet, ohne daß er aber erzählt oder überhaupt darauf eingeht, wie der Beiname entstanden sein könnte; Verfasser dieser Annalen ist ein Halberstädter Kleriker, der sein Werk um die Mitte des zwölften Jahrhunderts niederschrieb, also etwas mehr als zwei Jahrhunderte nach Heinrichs Tod.

Heinrich von Sachsen war, wie gesagt, ein begeisterter Jäger. Seinem Stand entsprach es, daß es sich um die Jagd auf Wild handelte, zumeist mit Hunden. Vogelfang und Fischerei waren davon ausgenommen, beides blieb den niederen Ständen vorbehalten, den einfachen Leuten, ebenso den Knaben.

Da Herzog Heinrich fast sprichwörtlich einfach und natürlich war und sich über die Standesunterschiede, die in Sachsen schroffer waren als bei den anderen deutschen Stämmen, mehr als einmal selbstbewußt und lässig hinwegsetzte, könnte hier einer der Gründe zu finden sein, warum er den Beinamen ›der Vogler‹ erhielt. Spätere Deutungen gehen so weit, in dem Beinamen Heinrichs ein Zeugnis seiner intensiven Naturverbundenheit zu finden, andere versuchen ihn sogar zu einem Ehrennamen für des Königs sächsische Heimatverbundenheit zu stilisieren. Solche Anstrengungen kann man auf sich beruhen lassen.« Der letzteren Erkenntnis braucht man wohl nichts hinzuzufügen.

Hellmut Diwald berichtet weiter über die Legende vom Vogelfang: »Der Herzog habe sich zur Jagd auf seinem Hof Dinklar aufgehalten, und um die Langeweile eines Schlechtwettertages in der fortgeschrittenen Winterszeit zu vertreiben – ›des Winters Rauhigkeit meidend‹ –, hätte er mit den Knaben Vögel gefangen. Bei dieser Beschäftigung, die sich so wenig mit der Würde eines Herzogs und künftigen Herrschers zu vereinbaren schien, wurde ihm die Nachricht überbracht, daß er König werden solle. Später ist auf Grund einer irrigen Lesung des Ortsnamens Dinklar der Beiname ›Finkler‹ entstanden, der dann mit ›Vogler‹ gleichgesetzt wurde.«

Aus dem Gesagten merkt man die Absicht und wird über so viel Gelehrsamkeit verstimmt. Denn das Wort »Finkler« bedeutet laut Duden auch nichts anderes als Vogelfänger. Es klingt nur unbefangener als Vogler. Hatte Heinrich wirklich keine bemerkenswertere Eigenschaft als die eines Vogelfängers? Er war nicht nur der erste deutsche König. Klug verstand er es, Bayern, Schwaben und Lothringen wieder mit dem Ostreich, das heißt Deutschland, zu verbinden. Seine größte Tat war die Zurückweisung der Ungarn, die Deutschland in jährlichen Raubzügen heimsuchten. Er unterwarf die Slawen östlich der Elbe und gewann den Dänen das Land zwischen Eider und Schlei ab. Er baute eine schlagkräftige Reiterei auf und legte Burgen zum Schutze des Landes an. Wären diese geschichtlichen Großtaten nicht Anlaß genug, ihm einen diesbezüglichen ehrenvollen Beinamen zu geben, statt einen solchen, der auf eine unstandesgemäße, läppische Freizeitbeschäftigung hinweist, die mit Vögeln zu tun hat?

Hellmut Diwald verwendet, wie erwähnt, den Ausdruck »lustige Knaben«, in deren Gesellschaft Herzog Heinrich auf Vogelfang war. In seinem Buch »Geschichte der Deutschen« verwendet Diwald für die gleiche Stelle den Wortlaut: »wo er mit lockeren Knaben Vögel im Netz fing«. Es scheint sich damals wohl um mehr oder weniger »lockere Vögel« gehandelt zu haben, wie man heute sagt, in deren Gesellschaft Herzog Heinrich sich wohl fühlte. Sollte damit darauf hingewiesen werden, daß Heinrich gerne in homosexuellen Kreisen verkehrte beziehungsweise homo- oder bisexuell veranlagt war? Bezeichnete man damals in der Umgangssprache mit dem Wort »Vogelweide« einen Treffpunkt Homosexueller?

Der Stern des jungen Walthers ging am Hof der Babenberger auf. Besonderer Förderung erfreute er sich seitens Herzog Friedrichs I. (1195-1198), der, wie Siegfried Obermeier schreibt, »an diesem Grünschnabel Walther einen Narren gefressen zu haben scheint«. Er fährt weiter fort: »Wenn wir Walthers Wesen nach seinen Liedern einzuschätzen versuchen, so finden wir ihn – modern ausgedrückt – witzig, charmant, geistig ungemein beweglich, manchmal respektlos und, wenn es sein muß, auch frech und arrogant. Das mag dem jungen Herzog imponiert und ihn amüsiert haben ...«

Mit dem Tode Herzog Friedrichs auf einem Kreuzzug fiel Walther bei dessen Nachfolger, dem um ein Jahr jüngeren Bruder Leopold VI., dem der Beiname »der Glorreiche« gegeben wurde, in Ungnade. Der Grund ist unbekannt. Sicherlich wird es deren mehrere gegeben haben, wie meistens in solchen Fällen.

Manche sehen eine der Ursachen in dem Streit zwischen Walther und seinem Lehrer Reinmar von Hagenau (wahrscheinlich im Elsaß), der später »Reinmar der Alte« genannt wurde.

Es gibt zwar im Walther betreffenden Schrifttum einige diesbezügliche Anzüglichkeiten, doch hat meines Wissens noch niemand ihn bisher als homosexuell bezeichnet. Für die bereits erwähnte Ursula Schulze bleibt die Bedeutung des in der Reiserechnung des Bischofs Wolfger gebrauchten Wortes »cantor« – Walthero cantori de Vogelweide – unklar. Sie schreibt, daß damit wohl ein Berufsdichter und -sänger, der der Hofunterhaltung diente, gemeint sein könnte, den man später – wie um 1300 für Freidank bezeugt – vielleicht auch »vagus« genannt hätte. Dieses Wort, von dem sich die Bezeichnung »Vagant« ableitet, bedeutet nicht nur herumschweifend und heimatlos, was unbestritten auf Walther zutrifft, sondern auch haltlos. Er gehörte in seinen besten Jahren also zu den Unbehausten, Umherziehenden, und Ursula Schulze schreibt weiter: »Der Titel *her,* den Wolfram von Eschenbach, Hugo von Trimberg und die Liederhandschriften ihm geben, entspricht konventionellen Gepflogenheiten und weist ihn weder als Adligen noch als Ritter aus. Der Name bietet neben dem Vornamen keine deutbare Herkunftsbezeichnung, die eine regionale oder herrschaftsbezogene Einordnung erlaubt, vielleicht ist von der Vogelweide überhaupt ein sprechender Name, der auf die Repräsentationsfunktion des Künstlers weist: Singvogel im höfischen Gehege.«

Wenn wir Walther unterstellen, daß er homosexuell veranlagt gewesen ist, ließe sich vieles erklären: Seine künstlerische Begabung und Feinfühligkeit (die viele Homosexuelle auszeichnet), Bildung, Kunstsinn, gepflegtes Äußeres (was anzunehmen ist) und gutes (höfisches) Benehmen, auch Frauen gegenüber. Im sogenannten Preislied (*Ir sult sprechen willekomen*), mit dem Walther die Tugend deutscher (adeliger) Frauen preist, sagt er aber auch *»si sint mir ze hêr«. Hêr* bedeutet aber nicht nur hehr, erhaben, heilig, vornehm und stolz, sondern auch hochmütig. Ob das, doppelsinnig, eine Absage an das andere Geschlecht bedeuten könnte? Nach der Verleihung eines Lehens durch Kaiser Friedrich II. konnte Walther die letzten Jahre seines Lebens sorgenfrei verbringen. Es ist nirgend die Rede davon, daß er nun ein Weib genommen hätte.

Bei Walther spricht manches dafür, daß bei ihm der Beiname »von der Vogelweide« auf homosexuelle Veranlagung schließen läßt. Letztlich gehörte er zu dem Kreise der fahrenden Sänger und Künstler, in dem Homosexualität verbreitet war. Gesetzt den Fall, daß dem so ist, wäre es müßig, weiter nach jener Vogelweide zu suchen, die Walthers Geburtsort gewesen sein soll. Es gibt sie möglicherweise ebensowenig wie Platons Atlantis, das in der ganzen Welt gesucht und nicht gefunden werden konnte.

Gerade im 12. Jahrhundert waren homosexuelle Liebesgedichte offen bekannt, allerdings nur in der lateinischen Literatur; aus der provenzalischen »höfischen« Tradition, die der deutschen zum Vorbild diente, aber kein einziges. Selbstverständlich darf nicht angenommen werden, daß Homosexualität nur in bestimmten Kreisen verbreitet war, die des Lateinischen mächtig waren, zum Beispiel unter Klerikern. Wenn es in höfischen Kreisen verpönt war, darüber öffentlich zu sprechen, mag es sich so verhalten haben wie im prüden viktorianischen England: Man tut es, spricht aber nicht darüber.

Der vorherrschenden Meinung nach befindet sich Walthers Grab im Hof des Neumünsterkreuzganges in Würzburg. Dazu schreibt Siegfried Obermeier: »Nach der Auffindung des Kreuzganges hatte man sofort mit der Erforschung des Geländes begonnen und stieß bei der Kirchentür – die heute direkt ins Lusamgärtchen führt – auf einen Steinsarkophag. In ihm ruhten die Gebeine eines etwa Sechzigjährigen zusammen mit denen eines jüngeren Mannes ... Waren dies die sterblichen Reste unseres Sängers? Warum aber zwei Skelette? Manche vermuten eines der im Mittelalter gelegentlich vorkommenden Doppelbegräbnisse. Wer war dann der jüngere Mann?« Die Antwort auf diese Frage wird wohl niemand mehr mit Bestimmtheit geben können.

Walther und das Deutschlandlied

Walther von der Vogelweide:
Das sogenannte Preislied
(gekürzt und umgestellt)

Ihr sollt sprechen: Willekommen!
Denn der euch Neues bringt, bin ich.
Alles, was ihr habt vernommen,
ist nichts wie Wind: Nun fraget mich.
Von der Elbe bis an den Rhein
und herwieder bis zum Ungarland,
da mögen wohl die Besten sein,
die in der Welt ich hab erkannt.

Ich will deutschen Frauen sagen
solch Kunde, daß sie um so mehr
aller Welt sollen behagen:
ich tue es selbstlos – bitte sehr.
Deutsche Männer sind wohl erzogen,
engelgleich die Weiberleut zu seh'n.
Wer sie schilt, der ist betrogen:
Ich kann es anders nicht versteh'n.

Ich hab Lande viel gesehen
und nahm das Beste gerne wahr.
Übel müßte mir geschehen,
brächt meinem Herz ich Fremdes dar.
Tugend und reine Minne,
wer die suchen will,
der komm doch in unser Land, da gibt es Wonnen viel.
Lange möchte ich leben darinne!

Heinrich Hoffmann von Fallersleben:
Das Lied der Deutschen

Deutschland, Deutschland über Alles,
Über Alles in der Welt,
Wenn es stets zu Schutz und Trutze
Brüderlich zusammenhält,
Von der Maas bis an die Memel,
Von der Etsch bis an den Belt –
Deutschland, Deutschland über Alles,
Über Alles in der Welt!

Deutsche Frauen, deutsche Treue,
Deutscher Wein und deutscher Sang
Sollen in der Welt behalten
Ihren alten schönen Klang,
Uns zu edler That begeistern
Unser ganzes Leben lang –
Deutsche Frauen, deutsche Treue,
Deutscher Wein und deutscher Sang!

Einigkeit und Recht und Freiheit
Für das deutsche Vaterland!
Danach laßt uns alle streben
Brüderlich mit Herz und Hand!
Einigkeit und Recht und Freiheit
Sind des Glückes Unterpfand –
Blüh' im Glanze dieses Glückes,
Bühe deutsches Vaterland!

Anmerkung: Originalfassung 1841

Seit der französischen Kriegserklärung am 20. April 1792 war Österreich, das mit den habsburgischen Besitzungen in den Niederlanden (dem heutigen Belgien) und im Breisgau an Frankreich grenzte, mit diesem in einen Krieg verwickelt, der zunächst mit wechselnden Erfolgen hauptsächlich in den Österr. Niederlanden und am Rhein geführt wurde. Als zwei Jahre nach dem Tode Kaiser Leopolds II. dessen Sohn Franz am 1. März 1792 die Regierung der österr. Erblande übernahm und am 14. Juli als Franz II. in Frankfurt am Main zum römisch-deutschen Kaiser gekrönt wurde, hatte sich das Kriegsglück immer mehr Frankreich zugewandt, so daß er am 17. Oktober 1797 in den Frieden von Campoformio einwilligen mußte. Mit diesem verloren die Habsburger ihren niederländischen Besitz, die Lombardei und ganz Oberitalien bis zur Etsch sowie den Breisgau.

In dieser Zeit der Demütigung und größten Bedrängnis bestellte der Regierungspräsident des damaligen Kronlandes »Erzherzogtum Österreich unter der Enns« (heute Niederösterreich mit Wien), Franz Josef Graf von Saurau, bei dem als Verfasser patriotischer Oden bekannten Dichter Lorenz (Laurenz) Haschka anläßlich des Geburtstages des Kaisers am 12. Februar 1797 den Text für ein Lied. Dieses sollte als Gegenstück und Gegengewicht zur fünf Jahre zuvor entstandenen, zündenden Marseillaise in Anbetracht der Bedrohung durch Frankreich die Einigkeit der habsburgischen Erblande beschwören und als Nationallied Ausdruck einer neu zu entfachenden und selbstbewußten vaterländischen Begeisterung werden. Um die Vertonung bat er Joseph Haydn, den weltweit wohl anerkannt befähigsten Komponisten dieser Zeit, dem zu Ehren anläßlich der Verleihung der Ehrendoktorwürde in Oxford 1791 die britische Nationalhymne erklang, die Haydn tief beeindruckte.

Der Wortlaut der Hymne verrät deutlich den Zusammenhang mit der 1740 geschaffenen, Henry Carey zugeschriebenen Hymne »God save the King«. Lorenz Haschka, 1749 in Wien geboren, war ursprünglich Angehöriger des Jesuitenordens und später von 1798 bis 1822 Kustos an der Universitäts-Bibliothek und Professor der Ästhetik an der Theresianischen Ritterakademie in seiner Heimatstadt.

Schon die ersten beiden Zeilen der britischen Hymne »God save our gracious King, long live our noble King« finden ihre Entsprechung in der Haschka-Hymne:

Gott! erhalte Franz den Kaiser,
Unsern guten Kaiser Franz!
Lange lebe Franz der Kaiser
In des Glückes hellstem Glanz!
Ihm erblühen Lorbeer-Reiser,
Wo Er geht, zum Ehren-Kranz!
Gott! erhalte Franz den Kaiser,
Unsern guten Kaiser Franz!

Selbstverständlich bezog sich diese Hymne auf den römisch-deutschen Kaiser Franz II., denn das Kaisertum Österreich gab es noch nicht, es wurde erst acht Jahre später – 1804 – gegründet. Sicherlich war die Gestaltung der Hymne, für die es im engeren Sinne kein deutsches Vorbild gab, eine rein österreichische Angelegenheit. Denn alle Beteiligten waren in dem erwähnten Kronland »Erzherzogtum Österreich unter der Enns« geboren oder beheimatet: der Auftraggeber, der Dichter, der Komponist und letztlich auch der Kaiser, ein Enkel Kaiser Karls VI. und Maria Theresias. Er war als Sohn des habsburgischen Großherzogs von Toskana und späteren Kaisers Leopold II. in Florenz geboren, regierte und wohnte jedoch als Kaiser von 1792 bis zu seinem Tode 1835 in Wien. Die Wiener waren es seit Jahrhunderten gewöhnt, in ihrer Stadt »ihre« Kaiser zu haben, die allerdings seit 1562 als römisch-deutsche Kaiser in Frankfurt am Main gekrönt wurden.

Es ist daher unsinnig, aus den genannten Umständen die erste, amtlich geförderte deutsche Kaiserhymne, die dem römisch-deutschen Kaiser Franz II. gewidmet war, schon als österreichische Kaiserhymne zu bezeichnen, obwohl sie nach dem Ende des Römisch-Deutschen Kaiserreiches unverändert vom Kaisertum Österreich übernommen wurde, wie auch der Kaiser der gleiche geblieben war. Zum ersten Mal wurde sie, wie beabsichtigt, am Geburtstag des Kaisers am 12. Februar 1797 in Wien öffentlich vorgetragen. Dies geschah also am gleichen Ort, an dem fast 600 Jahre früher Walther von der Vogelweide sein sogenanntes Preislied vor erlauchten Zuhörern zum ersten Mal vorgetragen hatte. Gewiß wurde sie nur in den habsburgischen Landen verbreitet, denn in jenen Tagen konnte von einem deutschen Nationalbewußtsein kaum mehr oder noch nicht die Rede sein. Das Heilige Römische Reich Deutscher Nation war zu einem mehr oder weniger inhaltslosen Schattenbegriff verkümmert, dessen einzelne Länder sich gegen oder mit Frankreich verbündeten. Kaum ein Jahrzehnt später, am 1. August 1806, unterzeichneten 16 deutsche Fürsten die Rheinbundakte und versetzten damit dem Reich den

Todesstoß. Daraufhin legte Franz II. bereits am 6. August die römisch-deutsche Kaiserkrone nieder, womit das Römisch-Deutsche Reich zu bestehen aufgehört hatte. Als Franz I. regierte er bereits das 1804 geschaffene Kaisertum Österreich bis 1835.

Erst im Zuge der sogenannten Befreiungskriege entwickelte sich ein neues deutsches Nationalbewußtsein, zu dessen Entstehung die Tiroler Volkserhebung 1809 unter Andreas Hofer und der Sieg der Österreicher unter Erzherzog Karl bei Aspern im gleichen Jahr, in dem Napoleon die erste Niederlage hinnehmen mußte, wesentlich beigetragen haben. Dieses neue deutsche Nationalbewußtsein fand innigen Ausdruck in dem von Hoffmann von Fallersleben gedichteten »Lied der Deutschen«.

Der Dichter und Germanist August Heinrich Hoffmann, der am 7. April 1798 in dem Flecken Fallersleben (heute Stadtteil von Wolfsburg) geboren wurde, nannte sich zur besseren Unterscheidung von anderen gleichen Namens Hoffmann von Fallersleben. Er studierte in Göttingen und Bonn und wandte sich als Professor der älteren deutschen Literatur und Volkskunde zu. Als solcher entdeckte er die von nationalem Selbstbewußtsein erfüllten Fragmente von Otfrieds Evangelienbuch sowie das althochdeutsche Ludwigslied, das älteste historische Lied in deutscher Sprache. 1842 verlor Hoffmann, seiner freiheitlich-gesamtdeutschen Gesinnung wegen, die Professur in Breslau und wurde in der Folge aus mehreren deutschen Bundesstaaten ausgewiesen. 1821 hatte er sich ein halbes Jahr in Leiden aufgehalten, weil er, auch Professor der niederländischen Sprache, sich dort mit dem Studium des Niederländischen beschäftigte. Seine Vorliebe für diese Sprache mag im Zusammenhang mit seiner Frau stehen, die Flämin (Vlamse) gewesen sein soll. Es ist bemerkenswert, daß Hoffmann sein »Lied der Deutschen«, das er am 26. August 1841 auf Helgoland dichtete, wo er einige Tage zur Erholung verbrachte, im Ausland schuf, denn zu jener Zeit war diese Insel britischer Besitz. Selbstverständlich hatte Hoffmann auch das sogenannte »Preislied« Walthers von der Vogelweide gekannt, das oft als das erste Deutschlandlied bezeichnet wird, sowie Haschkas Kaiserhymne. Aber während letzterer inhaltlich der britischen Hymne folgt, läßt sich Hoffmann von Walther beeinflussen.

Es ist auffällig, daß Haschkas Hymne im Versmaß mit den ersten vier Zeilen der sechs achtzeiligen Strophen von Walthers Preislied übereinstimmt. Auch er verblieb bei der achtzeiligen Strophe, die später von Hoffmann ebenfalls übernommen wurde. Um den verblüffenden inhaltlichen Zusammenhang der Lieder Walthers und Hoffmanns besser zu verdeutlichen, wurde vorstehend das um die Hälfte gekürzte sogenannte »Preislied« Walthers geboten. Die gestraffte Fassung entspricht durchaus dem überlieferten Wortlaut, wobei einige geringfügige Änderungen, bedingt durch die Übertragung aus dem Mittelhochdeutschen ins Neuhochdeutsche, in Kauf genommen werden mußten. Es muß an dieser Stelle betont werden, daß Walthers Lied keineswegs ein »Preislied auf die deutsche Art« war, für das es Hoffmann und die deutschtümelnden Romantiker seinerzeit gehalten oder ausgegeben hatten, sondern eher eine gesellschaftskritische Herausforderung, die Unwillen erregte.

Aus Hoffmanns Worten ist die unmißverständliche Ablehnung des herrschenden Feudalsystems zu entnehmen. Neben Einigkeit auch Recht und Freiheit zu fordern und danach mit Herz und Hand zu streben weist bereits auf die kommenden Ereignisse des Revolutionsjahres 1848 hin. Bezeichnenderweise wurde das »Lied der Deutschen« bei Hoffmann und Campe in Hamburg verlegt, also in einer freien und demokratisch verwalteten Hansestadt.

Die erste Zeile von Hoffmanns Deutschlandlied wurde möglicherweise von dem Titel des 1798 erschienenen Buches »Teutschland über alles« beeinflußt, das seinerseits auf das 1684 erschienene »Österreich über alles, wenn es nur will« zurückzuführen ist. Dessen Verfasser, der 1640 in Frankfurt geborene Philipp Wilhelm von Hörnigh (oder Horneck), lieferte damit das grundlegende Werk des österreichischen Merkantilismus, indem er ein System staatlicher Wirtschaftspolitik nach dem Vorbild des französischen Staatsmannes Colbert entwickelte. Eine der erklärten Zielsetzungen dieses Buches, das bis in die Mitte des 18. Jahrhunderts 20 bis 25 Auflagen erlebte, war es, in Österreich so viel wirtschaftliche Stärke zu erringen, daß der Unterhalt eines stehenden Heeres von 100.000 Mann gesichert werden konnte.

Dem Vorbild Walthers folgend, der Deutschland mit den Flüssen Rhein und Elbe sowie mit dem Ungarland begrenzt, obwohl Deutschland damals bis Dänemark reichte, zieht Hoffmann die Grenzen viel weiter, indem er sich zum Teil an die des Deutschen Bundes hält, dessen nördlichstes Bundesland das am Belt liegende Herzogtum Holstein war; Schleswig gehörte damals noch zu Dänemark. Im Süden nennt er die Etsch, damit in etwa die deutschitalienische Sprachgrenze ansprechend. Der Oberlauf der Etsch liegt bekanntlich im deutschsprachigen Südtirol, das damals zusammen mit dem italienischsprachigen Bistum Trient zum Kaiserreich Österreich gehörte. Österreich führte übrigens vor 1866 als Präsidialmacht den Vorsitz im Deutschen Bund, dessen Bundesversammlung in Frankfurt am Main tagte. Im Osten griff Hoffmann weit über die Bundesgrenze hinaus, indem er die Memel nennt, die in ihrem Unterlauf der östlichste Fluß Preußens war. Denn Ost- und Westpreußen gehörten zwar zum Königreich Preußen, jedoch nicht zum Deutschen Bund. Im Westen nennt Hoffmann die Maas als Grenze. Damit hat es eine besondere Bewandtnis.

Am 7. Juli 1647 erhob sich unter der Führung des Fischers Tommaso Aniello das unter spanischer Fremdherrschaft stehende Volk von Neapel wegen zu hoher Besteuerung der Lebensmittel gegen den Statthalter, den Herzog von Arcos. Der Aufstand konnte bald unterdrückt werden. Aniello wurde später irrsinnig und von gedungenen Mördern des Herzogs getötet.

Rund 180 Jahre später lieferte dieses Ereignis das Libretto zur Oper »Die Stumme von Portici«, deren tragischer Held, in Anlehnung an Tommaso Aniello, Masaniello heißt. Die Musik schuf der französische Komponist Daniel François Esprit Auber (1782-1871) im Auftrag für die Pariser Oper. Weil es an dieser damals an einer für eine dramatische Rolle geeigneten Sängerin mangelte, entschloß sich Auber, die weibliche Hauptrolle der beliebten Ballerina Noblet zu übertragen. Demoiselle Noblet war eine Darstellerin von höchster Ausdruckskraft und spielte ihre Rolle, weil sie nicht singen konnte, stumm. Die Uraufführung dieser übrigens erfolgreichen Oper fand am 29. Februar 1828 statt. Besondere Bedeutung dieser sich mit der Erhebung des Volkes gegen seine Ausbeuter befassenden Oper erlangte die unter dem noch frischen Eindruck der erfolgreichen Juli-Revolution in Paris stehende Aufführung am 28. August 1830 in Brüssel.

Das auf dem Wiener Kongreß 1815 geschaffene Königreich der Vereinigten Niederlande umfaßte das Gebiet der heutigen beiden Staaten Niederlande und Belgien. Die Bewohner der südlichen Provinzen dieses Staates – Flamen und Wallonen – fühlten sich im Laufe der Jahre gegenüber den Holländern immer mehr benachteiligt. Insbesondere erweckte die Einführung der holländischen Amtssprache und die Gleichstellung der Religionen den Unwillen der im südlichen Teil überwiegend katholischen Bevölkerung. So löste die Aufführung der Oper am 28. August 1830 einen Aufruhr aus, der sich rasch ausbreitete und zur Unabhängigkeitserklärung Belgiens führte.

Im erst 1839 geschlossenen Friedensvertrag von London wurde das bisher zum Deutschen Bund gehörende Großherzogtum Luxemburg geteilt: Die westliche, französischsprachige Hälfte wurde Belgien zugesprochen und schied damit aus dem Deutschen Bund aus. Die östliche, deutschsprachige Hälfte verblieb als Großherzogtum beim Deutschen Bund in Personalunion mit den Niederlanden. Als Entschädigung des dem Deutschen Bund verlorengegangenen Gebietes wurde die den Niederlanden zugesprochene Hälfte der ebenfalls geteilten Provinz Limburg nunmehr als Herzogtum dem Deutschen Bund zugeteilt. Auch dieses Herzogtum blieb den Niederlanden in Personalunion verbunden. Durch die neue Grenzziehung bedingt, bildete die Maas nunmehr auf etwa 40 km Länge die Westgrenze des Deutschen Bundes. Mit dessen Auflösung 1866 wurde das kurzlebige Herzogtum Limburg wieder niederländische Provinz.

Im Jahre 1841 also, in dem Hoffmann das »Lied der Deutschen« dichtete, war die Maas eine Strecke lang tatsächlich Deutschlands Grenze. Ihre Einbeziehung in das Deutschlandlied war also durchaus nicht Ausdruck chauvinistischer Überheblichkeit, wie so oft behauptet wird.

Hoffmann von Fallersleben folgt darin dem Vorbild Walthers, richtiger sogar dem des Troubadours Peire Vidal, der ebenfalls vier geographische Bezeichnungen in sein Lied aufgenommen hat.

Über den Verfasser

Walter Exner wurde 1911 in Wien geboren. Nach dem Besuch eines Realgymnasiums trat er in das väterliche Geschäft für ostasiatische Kunst ein. Zwischen 1935 und 1938 drei Reisen nach Ostasien, wobei er sich anderthalb Jahre in Peking aufhielt. Hier gründete er 1936 den Siebenberg-Verlag. Zusammen mit Vater Anton Exner legte er die umfangreichste österreichische Sammlung ostasiatischer Kunst an (3500 Gegenstände), die dem Museum für Angewandte Kunst in Wien geschenkt wurde. 1940/45 Kriegsdienst in der Deutschen Wehrmacht. Wegen sowjetischer Besatzung verzichtet er auf die Rückkehr nach Wien. 1945 Heirat mit Elisabeth Scheerer in Frankenau/Hessen, zwei Töchter. Seit 1965 lebt er in Bad Wildungen.

Neuem immer aufgeschlossen gründete er 1956 in Frankenau ein Asien-Museum, das 1964 nach Bad Wildungen verlegt und wegen Raummangels 1977 geschlossen werden mußte.

1939 bis 1945 war Walter Exner Herausgeber der *Asien-Berichte* in Wien, 1949 bis 1985 der *Asien-Bibliographie* in Frankenau, später Bad Wildungen. Er wirkte oft als Mitveranstalter großer Ausstellungen ostasiatischer Kunst (»Sammlung Exner«, Kunsthalle Darmstadt 1973, »4000 Jahre ostasiatische Kunst«, Krems/Donau 1978).

Eine Auswahl seiner zahlreichen Veröffentlichungen zeigt die vielseitigen Interessen Walter Exners: *Die Westlichen Kaisergräber bei Peking; Dürben Oirat gadar – Die älteste Karte der Mongolei; Der Einfluß der Kitan-Keramik auf die chinesische »Tigerfell«-Glasur; Hiroshige – Monographie eines japanischen Malers* (englischsprachige Ausgaben in London und New York); *Tokaido – Das Hauptwerk Hiroshiges; Blüten aus dem Senfkorngarten – Chinesische Farbholzschnitte; Sehenswürdigkeiten von Edo – Farbholzschnitte von Hiroshige; Kuniyoshi – Farbholzschnitte; Surimono – Kostbarkeiten japanischer Druckkunst; Der Bernhardi-Altar im Stift Zwettl; Wär unvergänglich doch die Welt – Gedichte aus dem alten Japan; Kirschblüten und Ahornlaub – Die Hundert Gedichte aus dem alten Japan; Die Bilderschriften der Osterinsel und des Gallehus-Horns A (1639); Sechs Kristallflüsse – Farbholzschnitte von Hiroshige; Als Peking noch ummauert war – Erlebtes und Gehörtes.* Der von ihm gestaltete *Siebenberg Mond-Kalender* wurde auf der internationalen Kalender-Ausstellung in Najibabad, Indien, 1961 mit dem ersten Preis ausgezeichnet.

Am 1. und 2. Oktober 1988 nahm Exner am Walther von der Vogelweide-Symposion in Zwettl und Traunstein im Waldviertel teil, das ihn zu den vorliegenden Bemerkungen anregte.

Literaturnachweis

Berndt, Helmut: *Die Nibelungen. Auf den Spuren eines sagenhaften Volkes*. Bergisch Gladbach: Gustav Lübbe Verlag 1987. 2. Aufl. ISBN 3 404 64037 3

Biba, Otto: *Gott erhalte! Joseph Haydns Kaiserhymne*. Wien, München: Doblinger 1982. ISBN 3 900 035 74 1

Boor, Helmut de: *Die großen Deutschen*. Lizenzausgabe, Gütersloh 1978.

Diwald, Hellmut: *Geschichte der Deutschen*. Frankfurt am Main; Berlin; Wien: Propyläen 1978. ISBN 3 549 05801 2

Diwald, Hellmut: *Heinrich der Erste. Die Gründung des Deutschen Reiches*. Bergisch Gladbach: Gustav Lübbe Verlag 1987. Lizenzausgabe.

Falk, Walter: *Wer war Volker?* Aus: Beitrag in »Die Entdeckung der potentialgeschichtlichen Ordnung, I. Teil. Der Weg zur Komponentenanalyse = Beiträge zur neuen Epochenforschung; Bd. 5. Frankfurt/M.: Peter Lang 1985. ISBN 3 8204 8123 0

Goez, Werner: *Gestalten des Hochmittelalters*. Darmstadt: Wissenschaftliche Buchgesellschaft 1983. ISBN 3 534 09078 0

Hahn, Gerhard: *Walther von der Vogelweide. Eine Ein-*

führung = Artemis-Einführungen; Bd. 22. München; Zürich: Artemis 1989. 2., durchgesehene Auflage. ISBN 3 7608 1322 4

Halbach, Kurt Herbert: *Walther von der Vogelweide.* Stuttgart: Metzler 1983. 4. Aufl. ISBN 3 476 14040 7

Hansen, Walter: *Die Spur des Sängers. Das Nibelungenlied und sein Dichter.* Bergisch-Gladbach: Lübbe 1987. ISBN 3 7857 0455 0

Heger, Hedwig: *Das Lebenszeugnis Walthers von der Vogelweide. Die Reiserechnungen des Passauers Bischof Wolfger von Erla.* Wien: Schendl 1970.

Kleindel, Walter: *Österreich. Daten zur Geschichte und Kultur.* Wien; Heidelberg: Ueberreuter 1978. ISBN 3 8000 3130 2

Knape, Joachim: Siehe unter Mück, H. D.

Knapp, Fritz Peter: Siehe unter Mück, H. D.

Knopp, Guido; Ekkehard Kuhn: *Das Lied der Deutschen. Schicksal einer Hymne.* Berlin; Frankfurt/M.: Ullstein 1988. ISBN 3 550 07991 5

Koch, Franz: *Geschichte deutscher Dichtung.* 3. erw. Aufl., Hamburg: Hanseatische Verlagsanstalt 1937.

Lexer, Matthias: *Matthias Lexers mittelhochdeutsches Taschenwörterbuch.* Stuttgart: Hirzel 1963. 30. Aufl. (mit Nachtrag).

Margetts, John: Siehe unter Mück, H. D.

Maurer, Friedrich: *Walther von der Vogelweide. Sämtliche Lieder.* Mittelhochdeutsch und in neuhochdeutscher Prosa. Mit einer Einführung in die Liedkunst Walthers herausgegeben und übertragen. München: Wilhelm Fink Verlag 1972. ISBN 3 7705 0797 5

Merwald, Günter: *Die Dichtung der Staufferzeit.* Beitrag in *Deutsche Geschichte,* Bd. 3. Gütersloh: Bertelsmann 1982. Sonderausgabe 1987. ISBN 3 570 00918 1

Mück, Hans Dieter (Hrsg.): *Walther von der Vogelweide.* Stuttgart: Stöffler & Schütz 1989. ISBN 3 926712 02 3

Das Nibelungenlied. Übersetzt, eingeleitet und erläutert von Franz Genzmer. Stuttgart: Reclam 1965. Universal-Bibliothek Nr. 642 (4) ISBN 3 15 000642 2

Nolte, Theodor: *Walther von der Vogelweide. Höfische Idealität und konkrete Erfahrung.* Stuttgart: Hirzel 1991. ISBN 3 7776 0472 0

Obermeier, Siegfried: *Walther von der Vogelweide. Der Spielmann des Reiches.* Frankfurt/M; Berlin; Wien: Ullstein 1982. ISBN 3 548 34085 7

Österreich Lexikon. Wien; München: Österr. Bundesverlag; Verlag für Jugend und Volk 1966.

Poppe, Reiner: *Walther von der Vogelweide: Gedichte (Eine Auswahl).* Hollfeld: Bange 1988. ISBN 3 8044 0362 X

Rühmkopf, Peter: *Walther von der Vogelweide, Klopstock und ich.* Reinbek bei Hamburg: Rowohlt 1975. ISBN 3 499 25065 9

Rump, Hans-Uwe: *Walther von der Vogelweide in Selbstzeugnissen und Bilddokumenten.* Reinbek bei Hamburg: Rowohlt Taschenbuch Verlag 1974. ISBN 3 499 50209 7

Schulze, Ursula: Siehe unter Witt, Hubert.

Simrock, Karl: *Walther von der Vogelweide. Gedichte.* Mittelhochdeutscher Text mit der Übertragung von Karl Simrock aus dem Jahre 1833.
Frankfurt am Main: Insel-Verlag 1987. ISBN 3 458 32704 5 (140)

Thum, Bernd: *Walther von der Vogelweide und das*

werdende Land Österreich. Beitrag in: Die Kuenringer. Das Werden des Landes Niederösterreich.
Stift Zwettl 1981.

Wapnewski, Peter: *Walther von der Vogelweide. Gedichte.* Mittelhochdeutscher Text mit Übertragung. Ausgewählt, übersetzt und mit einem Kommentar versehen. Frankfurt am Main: Fischer Taschenbuch Verlag 1962. ISBN 3 596 26052 3

Wehrli, Max: *Deutsche Lyrik des Mittelalters.* Auswahl und Übersetzung. Siebte, durchgesehene Auflage. Zürich: Manesse 1988. ISBN 3 7175 1996 7

Witt, Hubert: *Walther von der Vogelweide. In dieser Welt geht's wundersam.* Die Gedichte. Mit einer Einführung von Ursula Schulze. München: Winkler Verlag 1984. ISBN 3 538 06578 0

Umfangreiche Walther-Bibliographien bieten die Bücher von Gerhard Hahn, Kurt Herbert Halbach, Hedwig Heger und Theodor Nolte.

Inhalt

Leitung und Vertrieb: 3544 Waldeck 1

Titelillustration: Jens Heyer
Redaktion: Felicitas Hübner
Satz: Knipp EDV-Satz, Wetter
Gesamtherstellung: pdc, Paderborn

3-87747-014-9